孔子后裔在玉环

玉环市儒学发展促进会 编

西泠吴新画

孔繁都 主编

团结出版社
UNITY PRESS

图书在版编目（CIP）数据

孔子后裔在玉环／玉环市儒学发展促进会编；孔繁都主编. -- 北京：团结出版社，2024.2

ISBN 978-7-5234-0937-4

Ⅰ.①孔… Ⅱ.①玉…②孔… Ⅲ.①纪实文学-作品集-中国-当代 Ⅳ.①I25

中国国家版本馆 CIP 数据核字（2024）第 085694 号

出　　版：	团结出版社
	（北京市东城区东皇城根南街 84 号　　邮编：100006）
电　　话：	（010）65228880　65244790（出版社）
网　　址：	http://www.tjpress.com
E－mail：	zb65244790@vip.163.com
经　　销：	全国新华书店
印　　装：	四川科德彩色数码科技有限公司

开　　本：	170mm×240mm　16 开
印　　张：	13.25
字　　数：	181 千字
版　　次：	2024 年 2 月　第 1 版
印　　次：	2024 年 2 月　第 1 次印刷

书　　号：	ISBN 978-7-5234-0937-4
定　　价：	58.00 元

《孔子后裔在玉环》编委会

总顾问：孔六梅

顾　问：张杨顺　陈志法　刘定洋　黄春娣
　　　　梁桑桑　孔春桥　孔玲忠　孔宪辉

主　编：孔繁都

编　委：洪锦沸　朱汝略　孔庆军　卓文贵
　　　　孔祥勇　方贵川　谢良福　王祖青
　　　　孔婉婷　孔菊芬　孔玲桂　卢夏龙

日否村夜景

孔玲忠 摄

孔子铜像　　　　　　　　孔玲忠 摄

纪念孔子诞辰 2568 周年新落成的儒学堂　　　　　　孔庆军　摄

纪念孔子诞辰 2568 周年会场主席台　　　　　　孔庆军　摄

孔六梅同志在纪念孔子诞辰 2568 周年大会上讲话　　　孔祥许　摄

纪念孔子诞辰 2568 周年大会会场　　　孔祥许　摄

纪念孔子诞辰 2573 周年玉环市儒学发展促进会第一次会员大会暨成立大会   于志远 摄

玉环市儒学发展促进会第一次会员大会暨成立大会主席台　　干志远 摄

玉环市文广旅体局领导给孔春桥会长授匾　　　　干志远 摄

孔子後裔在玉環

西泠吴新如

中国书法家协会会员　浙江省书法家协会理事　国家一级美术师　西泠书画院特聘书画师

浙江省书法家协会教育委员会副秘书长　吴新如先生题词

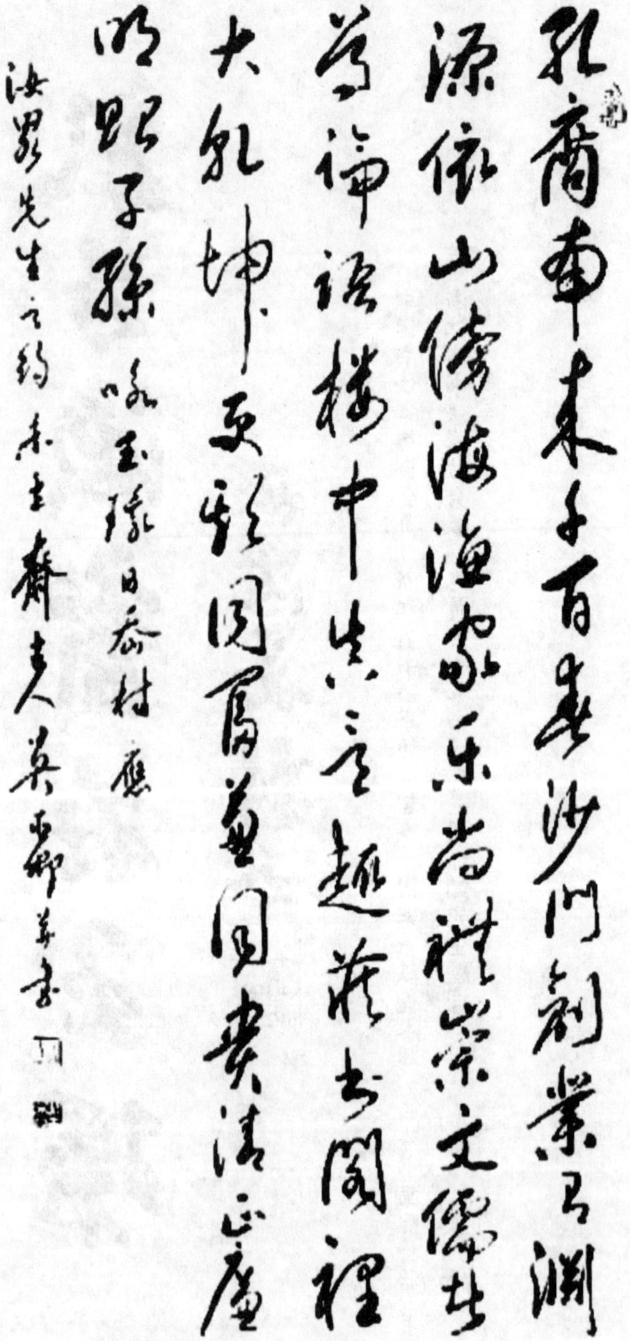

孔裔东来千百春沙门剥業弓淵

源依山傍海渔家乐尚祥崇文儒生

芸讲语楼中共兴趣游书阁里

大乳坤天轻园写画同贵清心庵

明眸子孙味玉琭日泰村应

汝罗先生之约未主鬵之吴亚卿草书

著名学者　诗联辞赋家　书法家　中华诗词学会发起人　浙西词派传人

中国楹联书法艺术委员会委员　浙江省诗联学会顾问

吴亚卿先生题词

嗜睡潭海东孟陵唐室化生
虹应无常乎持线育髭色瀧
形体傅风逢逢文章生我家
老欧人拍一方雄新对代生重实程
巢翼小康再大同
朱曲时呵哟日其粒千家联万波亮书

台州学院讲师 硕士 浙江省书法协会理事 教育委员会委员
台州市书法家协会副主席兼秘书长
刘波亮先生题词

南昌 金字经 贺孔才先生有志嘆出版

壬寅桂月既望

醫淫洪诗料 並書

《台州日报》原副总编辑 中华诗词学会会员 台州市诗词楹联学会原会长

台州市书法家协会会员 中国老年书画家协会理事 **洪锦沸先生题词**

宗盟祖脉望山東千載文光一
道虹磊落島礁排闼浪蜿蜒沙
岸快哉風樂於鯀合心如拙好
彼詩書氣众雄儒學堂中聽子
日清香彌漫古今同

浙江省书法家协会会员　玉环市政协原党组副书记、副主席　萧诗跃先生题词

郭星明先生诗一首步汝略兄咏日照邨兼贺孔子诞辰

一轮红日海之东 古早烟邨气若虹 楼望门前山乐水

四有勤俊而悲风 鲁邦圣德播声远 浙地名贤乘势雄

论语煌煌廿篇在 光彩温故睦和同

岁在壬寅秋月少逸斋林达云书于澛江之畔

浙江省书法家协会会员　玉环市书法家协会会长

林达云先生题词

中国书法家协会会员　玉环市书法家协会副会长
坎门中学副校长　林占继先生题词

中国音乐文学学会会员　浙江省作家协会会员　浙江省书法家协会会员　中国楹联学会会员

方贵川先生题词

高瞻莫讶势凌云，旭日东升宇宙更。
大海朱尊冥渚来，

轻舟历尽一帆风，楼也凭栏须极
浩海题诗句未工，不尽楼海那
复华章摸数行，东瀛莲

朱超范依韵奉和朱泗馨先生录口占都诗
壬寅秋吉诗赠王晓峰先生于吾家陆胜

中国书法家协会会员　桐乡市书协顾问

王晓峰先生题词

序

　　清代进士黄岩籍诗人王咏霓有诗云："蓬莱清浅在人间，海上千春住玉环。"玉环有三合潭商周遗址的悠久历史，有"天下孔子铜像两尊半"，沙门镇日岙村孔氏后人家藏一尊的不凡。地处东海之滨的玉环市沙门镇日岙村，似乎也是一个可让人"忘言"的桃花源。它依山，山上峰峦奇秀，千姿百态，形状各异；它傍海，海大浩瀚无涯，千帆竞发，蔚为壮观。距今一千多年前，孔氏谱何为而做？原以辨氏族别异同，今子孙族亿万世后得以溯本穷源，而不昧于敬宗睦族之耳。吾祖圣人德配天地，历代褒崇，普天同祀，故其流泽。唐天宝年间安史之乱，35代长孙文宣公璲之避乱到河南宁陵，乱定后曾长孙38代惟晊返回曲阜承袭世爵，其三弟惟时留守河南宁陵祖墓，子孙为河南郏县派。惟时曾孙41代仲良公为官清廉，至福建莆田县令逐居涵江书院，45代延集公于五代后晋天福五年（940年），因闽王叛乱，从福建莆田漂洋过海带孔子铜像来到温岭江绍。后延集次子46代宗程又于宋乾德三年（965年）迁入日岙（旧称玉岙），北宋年间宗程生一子47代若振，若振衍六子，长子端山、次子端云、三子端仍、四子端水、五子端玄、六子端成。次子端云原名泗云，所生一子名淑，嗣后迁居宁海力洋。三子48代端仍原名泗仍，所生二子49代长子富立、次子芬，芬所生50代一子名原贞，住温岭江绍，嗣后迁居乐清大荆前岙孔。六子48代端成，所生二子长子49代受福、次子受禄少年时候住日岙。受福所生三子，长子兆科（住日昇，三宅房祖），次子50代兆甲（住日昇，大坟前房祖），三子50代兆林（迁居水桶昇）。次子49代受禄所生二子，长子50代原纲，次子原纪，嗣后迁入乐清大芙蓉筋竹。64代尚幔、尚斐两兄弟从水桶昇迁入都墩。68代传金从水桶昇迁入白岭下。68代传德从水桶昇迁入楚门丁昇湾。69代继赵、继发从水桶昇迁入楚门山北。69代继昌从日昇随母迁入应家等等。

孔子诞辰至今已有2574年的历史，其族属繁衍日益增加，遍及全国各地，乃至韩国、朝鲜、美国、新加坡有四百多万孔子后裔，玉环也有五千五百多人。为了理清谱系，有条不紊地进行完善和提高谱系清晰度，根据山东曲阜孔府民国版《孔子世家谱》谱本，结合1988年版房谱逐一搜罗，经核查考证，衍接支系，重加修葺，使后之览谱者知源所自出也。

从46代"宗"字辈迁入日昇以来，今有79代"垂"字辈承后，传承了33代，宗亲分布在宁波宁海朱家洋、力洋孔、东洋，乐清市大荆前昇孔、打铁巷，乐清市芙蓉镇筋竹村，玉环市沙门镇水桶昇、都墩、白岭下、楚门镇小塘、山北、中山、小筼岗，温岭市城南镇上昇，黄岩区羽山，临海市涌泉等48个地点，族内有7666户，23000多人，同宗共祖，同根同源，螽斯衍定，瓜瓞绵绵1060余载。宗亲创业致富，人才辈出，以善为本，以文明、和谐的理念，与大家共同建设和睦友善、尊老爱幼的有中国特色的社会主义和谐社会。

是为序。

撰稿人　孔子71代孙　昭国（六梅）

2023年8月27日

目录

文旅之地日昝村 …………………………………… 001

玉环孔庙的崛起 …………………………………… 003

宗支概况

日昝孔氏传记 ……………………………………… 010

宁海力洋孔氏后裔分布 …………………………… 019

乐清前昝孔孔氏传记 ……………………………… 025

筋竹的孔氏后裔 …………………………………… 029

水桶昝孔姓传记 …………………………………… 037

沙门都墩孔氏 ……………………………………… 048

沙门镇白岭下孔氏 ………………………………… 054

楚门镇马山拔渡阵孔氏传记 ……………………… 057

楚门镇山北孔氏传记 ……………………………… 059

孔姓家族应家分支传记 …………………………… 061

玉环市日岙村庆贺唱和集

首　唱 ……………………………………………………………… 064

　　咏日岙村 ……………………………………………… 朱汝略 064

和　唱 ……………………………………………………………… 065

　一、步　韵 …………………………………………………… 065

　　步汝略兄《咏日岙村》 ………………………………… 郭星明 065

　　步韵朱兄《咏日岙村》 ………………………………… 严立青 065

　　步韵朱汝略先生《咏日岙村》 ………………………… 楼晓峰 066

　　步朱汝略先生《咏日岙村》 …………………………… 高玉梅 066

　　步朱汝略先生《咏日岙村》东韵 ……………………… 孔繁都 066

　　步朱汝略先生《咏日岙村》 …………………………… 朱　健 067

　　咏日岙村步朱汝略先生韵 ……………………………… 任战白 067

　　步韵朱汝略先生《咏日岙村》 ………………………… 陈其良 067

　　步韵奉和朱汝略兄《咏日岙村》 ……………………… 李　丹 068

　　步朱汝略先生《咏日岙村》东韵 ……………………… 徐洪发 068

　　咏日岙村步朱汝略先生韵 ……………………………… 姚金宝 069

　　步朱导师《咏日岙村》东韵 …………………………… 陈义平 069

　　敬步朱汝略先生诗韵《咏日岙村》 …………………… 徐中美 070

　　步朱老师七律原韵奉和梦游日岙村 …………………… 姚海宁 070

　　敬步朱汝略吟长《咏日岙村》 ………………………… 许青才 070

　　步和朱汝略先生《咏日岙村》 ………………………… 吴久籁 071

　　咏日岙村奉和朱汝略会长 ……………………………… 孔春才 071

　　步韵朱汝略先生《吟日岙村》 ………………………… 方君旺 071

　　步朱汝略先生《咏日岙村》韵 ………………………… 金华君 072

　　步朱汝略先生《咏日岙村》 …………………………… 许良照 072

步汝略先生《咏日岙村》东韵 …………………… 孔庆军 073

咏日岙村步朱汝略先生诗原韵 …………………… 谢巍琦 075

步韵朱汝略先生诗《咏日岙村》 ………………… 魏淑娟 075

步韵和朱汝略《咏日岙村》 ……………………… 赵华京 075

步汝略先生《咏日岙村》原韵 …………………… 王修翔 076

步韵朱先生《咏日岙村》 ………………………… 项目清 076

咏日岙村步朱汝略先生韵 ………………………… 赵建德 076

步韵朱汝略先生《咏日岙村》 …………………… 高　玲 077

步朱汝略先生《咏日岙村》 ……………………… 方河南 077

步韵朱老汝略先生《咏日岙村》 ………………… 郑东荣 077

步韵朱汝略先生《咏日岙村》 …………………… 李友平 078

步韵朱汝略先生《咏日岙村》东韵 ……………… 葛　杰 078

步朱汝略先生《咏日岙村》 ……………………… 陆纪生 078

步朱汝略先生《咏日岙村》东韵 ………………… 杜　钺 079

步朱汝略先生韵《咏日岙村》 …………………… 郑杨松 079

步朱汝略先生《咏日岙村》 ……………………… 叶龙生 080

咏日岙村步朱汝略先生韵 ………………………… 林向荣 080

步朱汝略老师《咏日岙村》东韵 ………………… 陈步党 082

步朱汝略先生《咏日岙村》原韵 ………………… 赵秋鸿 082

步韵朱汝略先生《咏日岙村》 …………………… 聂朋群 082

步朱汝略先生原韵《咏日岙村》 ………………… 陈国友 083

奉和朱汝略先生《咏日岙村》原韵 ……………… 周臣朱 083

步朱汝略先生《咏日岙村》 ……………………… 吴军明 083

步韵朱汝略先生《咏日岙村》 …………………… 陈传芳 084

步朱汝略先生《咏日岙村》韵 …………………… 戴玉才 084

步韵奉和朱汝略导师《咏日岙村》 ……………… 盛孝都 084

步韵朱汝略先生《咏日岙村》…………………… 陈显福 085

步韵朱汝略先生《咏日岙村》东韵………………… 黄德藏 085

步朱汝略先生《咏日岙村》韵……………………… 戴世法 085

步朱汝略先生《咏日岙村》东韵…………………… 叶 倩 086

步朱汝略先生《咏日岙村》东韵…………………… 赵家海 086

步朱汝略《咏日岙村》东韵………………………… 黄海燕 086

步朱汝略先生《咏日岙村》东韵…………………… 赵方传 087

步朱汝略《咏日岙村》东韵………………………… 熊美容 087

步朱汝略《咏日岙村》东韵………………………… 刘喜成 087

步朱汝略先生《咏日岙村》原玉韵………………… 吴玉昌 088

步朱汝略先生《咏日岙村》………………………… 俞祥松 088

步朱汝略先生《咏日岙村》………………………… 应新华 089

步朱汝略先生《咏日岙村》………………………… 胡惠民 089

步朱汝略先生《咏日岙村》………………………… 山越夫 089

步朱汝略先生《咏日岙村》………………………… 仰健雄 090

步朱汝略先生《咏日岙村》………………………… 陈国明 090

步朱汝略师韵题玉环日岙村………………………… 康永恒 090

步朱汝略先生《咏日岙村》………………………… 陆 虹 091

步朱汝略吟长《咏日岙村》韵……………………… 魏建伟 091

步朱汝略先生《咏日岙村》………………………… 宋佐民 091

步朱汝略先生《咏日岙村》………………………… 陈国伟 092

步韵朱汝略先生《咏日岙村》……………………… 翁启辉 092

步韵朱汝略先生《咏日岙村》……………………… 夏克明 092

步韵朱汝略先生《咏日岙村》……………………… 王振江 093

咏日岙村（步韵）…………………………………… 李小明 093

步韵朱汝略先生《咏日岙村》……………………… 叶春明 095

步朱汝略先生《咏日岙村》……………………………… 詹秉轮 095

步韵奉和朱汝略先生《咏日岙村》……………………… 胡振武 095

步朱汝略先生《咏日岙村》……………………………… 陈远法 096

步韵朱汝略先生《咏日岙村》…………………………… 赵　澍 096

步韵朱汝略先生《咏日岙村》…………………………… 陈宗明 096

步朱汝略先生《咏日岙村》……………………………… 陈开强 097

步朱汝略先生《咏日岙村》东韵………………………… 徐仁广 097

步朱汝略先生《咏日岙村》东韵………………………… 姜桂芳 097

奉和《咏日岙村》原韵…………………………………… 蔡华明 098

步朱汝略老师《咏日岙村》东韵………………………… 沈洪顺 098

步朱汝略老师《咏日岙村》东韵………………………… 周文斌 098

步朱汝略先生《咏日岙村》……………………………… 潘友福 099

步韵朱汝略先生《咏日岙村》…………………………… 江肖晓 099

咏日岙村步韵朱汝略先生………………………………… 陈玲静 099

步朱汝略先生《咏日岙村》……………………………… 潘书文 101

步朱汝略先生《咏日岙村》韵…………………………… 李友法 101

步韵朱汝略先生《咏日岙村》…………………………… 翁海云 101

步韵朱汝略先生《咏日岙村》…………………………… 王国新 102

步韵朱汝略《咏日岙村》东韵…………………………… 梁华德 102

步朱汝略先生《咏日岙村》东韵………………………… 宗学煜 102

步朱汝略先生《咏日岙村》东韵………………………… 高佳平 103

步朱汝略先生《咏日岙村》……………………………… 陈理清 103

步朱汝略先生《咏日岙村》……………………………… 林义清 103

奉和朱汝略先生《咏日岙村》…………………………… 林华秀 104

步韵朱汝略先生《咏日岙村》…………………………… 戴茂利 104

步朱汝略先生《咏日岙村》……………………………… 王葆青 104

二、依　韵 ……………………………………………………………… 105

依韵朱汝略先生《咏日乔村》 ……………………………… 周　进 105

依韵奉和朱汝略先生《咏日乔村》 ………………………… 朱超范 105

依朱汝略先生东韵《咏日乔村》 …………………………… 王一平 105

依朱导师《咏日乔村》东韵 ………………………………… 陈义平 106

敬和朱汝略先生《咏日乔村》 ……………………………… 侯友国 106

和朱汝略先生《咏日乔村》东韵 …………………………… 方贵川 106

依韵和朱汝略先生《咏日乔村》 …………………………… 姜荣华 107

依朱汝略先生《咏日乔村》东韵 …………………………… 颜　敏 107

和朱汝略吟长《咏石乔村》 ………………………………… 朱巨成 108

依韵奉和朱汝略先生《咏日乔村》 ………………………… 黄绚春 108

和朱汝略吟长《咏日乔村》 ………………………………… 郑福友 108

和朱汝略吟长《咏日乔村》 ………………………………… 聂朋群 109

步韵朱汝略先生《咏日乔村》东韵 ………………………… 祝金生 109

依韵和朱汝略先生《咏日乔村》 …………………………… 陈子芳 109

依韵朱汝略先生《咏日乔村》 ……………………………… 赵家海 110

依朱汝略《咏日乔村》东韵 ………………………………… 辛布尔 110

依韵和《咏日乔村》 ………………………………………… 任茵茵 110

和《咏日乔村》 ……………………………………………… 王前进 111

依韵朱汝略先生《咏日乔村》 ……………………………… 王思雅 111

依韵朱汝略先生《咏日乔村》 ……………………………… 陈显福 111

步朱汝略先生《咏日乔村》 ………………………………… 丁金川 112

三、赞　美 ……………………………………………………………… 112

拜谒沙门孔子文化礼堂 ……………………………………… 黄象春 112

和朱汝略先生七律·绝壁天打崖 …………………………… 孔庆军 112

和朱汝略先生七律 …………………………………………… 程忠海 113

咏玉环日岙村应汝略先生之约 …………………………… 吴亚卿 113

和韵朱汝略先生《咏日岙村》 …………………………… 楼晓峰 113

春天诗会·日岙孔子文化礼堂行吟 ……………………… 吴军明 114

和朱汝略先生诗《咏日岙村》 …………………………… 郑旭芳 114

和朱汝略先生七律 ………………………………………… 陈　楚 114

沙滩头 ……………………………………………………… 江肖晓 115

和朱汝略先生七律·咏日岙村 …………………………… 刘喜成 115

和朱汝略先生七律·日岙行 ……………………………… 王福清 115

日岙孔子文化节赞礼 ……………………………………… 潘国平 116

瞻仰日岙孔子文化礼堂 …………………………………… 马学林 116

咏日岙村 …………………………………………………… 祝金生 116

日岙古渔村三首 …………………………………………… 方贵川 118

步韵和方贵川会长，日岙古渔村 ………………………… 孔繁都 118

咏日岙村 …………………………………………………… 孔繁都 119

题日岙村 …………………………………………………… 任战白 119

紫薇花 ……………………………………………………… 江肖晓 119

日岙竹枝词 10 首 ………………………………………… 谢良福 120

咏日岙村·依朱汝略先生东韵 …………………………… 冯济峰 121

咏日岙 ……………………………………………………… 陈国友 122

〔南吕宫·金字经〕贺《孔子后裔在玉环日岙》 ……… 洪锦沸 122

散曲二首·词二首 ………………………………………… 孔繁都 122

卜算子·忆日岙孔姓同窗 ………………………………… 林显正 123

沁园春·孔子 2574 周年诞辰庆典 ……………………… 刘喜成 123

渔家傲·咏日岙村沙滩 …………………………………… 陈玲静 124

聆听黄象春先生读诗 ……………………………………… 陈杨林 124

题日岙村 …………………………………………………… 周祖寿 124

文 集

孔六梅：博学笃行 情系家国 ……………………………… 谢良福 127

一片赤心恋军营 …………………………………………… 林存美 149

日盎 一座金灿灿盛满阳光的小渔村 …………………… 方贵川 151

婉约的日盎山海 …………………………………………… 王祖青 156

日盎村的前世今生 ………………………………………… 蒋慧君 163

日盎后沙，赶海捉螺去 …………………………………… 郑海泓 166

我和父亲的约定 …………………………………………… 孔婉婷 170

老家的鹅卵石 ……………………………………………… 孔菊芬 172

改革开放谱新章——看沙门日盎村新农村、新面貌 ………… 孔繁都 178

持续奋斗 造福桑梓——记日盎村的变迁 …………………… 孔繁都 183

后 记 ……………………………………………………… 188

文旅之地日昋村

　　地处东海之滨的玉环市沙门镇东北部的日昋村，是玉环孔姓后裔的主要四个聚居村落之一。它由东日、南园、西旺、北前、中发五个自然村组成，面积约四平方公里，现有村民 526 户，1528 人，有耕地 575 亩，山林约两千亩，是一个山多地少海广的滨海村庄。该村北与温岭市城南镇下绾山村紧邻，东与温岭市石塘镇隔海相望，四周分别与瑶坑村、灵门村、双斗村、小闾村、南山昋村、都墩村、乌岩村、水桶昋村、泗边村、沙门村、大昋里村、白岭下村、安人村、滨港村相邻。日昋村虽地处偏僻，被称为是"玉环的西藏"，但依山濒海，山青海碧，峰峦奇秀，千姿百态，形状各异。在日昋村，可观大海浩瀚，千帆晨发，归舟落日，蔚为壮观，可以说是一个美得几乎让人"忘言"的世外桃源。

　　据玉环县志和家谱等史料记载，日昋村的孔子后裔属太平孔裔三支，江绾 45 代延集支后裔。而延集次子宗程则于公元 965 年从温岭江绾迁居日昋，从此在这里开枝散叶，繁衍生息，至今约有 1060 多年历史。

　　沙门镇日昋村被评为浙江省生态镇（村）、台州市生态示范镇（村）。村党支部、村委会，在沙门镇党委、政府的领导下，深入实施乡村振兴战略，以"美丽日昋"田园综合体为蓝本，以孔子文化为灵魂，以美丽田园为底蕴，以牧海渔业为基础，用美丽乡村留住美丽乡愁，为广大村民带来了更多获得感、幸福感、安全感。日昋村有旅游条件优越的日昋沙滩。这

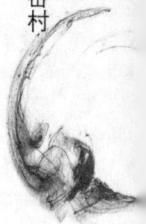

是一个颇有规模和气势的、迷人的鹅卵石海湾沙滩。一到夏天，几乎每天都会有人在这里嬉戏、踏浪、游泳，玩得不亦乐乎。在蓝天白云的映衬下，美丽海滩与远处几艘停泊小船，共同构成美丽的海边景致。

日岙村附近有漩门湾观光农业园、大鹿岛、台州大青山、坎门英雄基干民兵营营史展览馆、少年英雄林森火纪念馆、东方中小学革命史纪念馆等旅游景点，有楚门文旦（又称玉环柚）、玉环剪豆、姜葱鲳鱼索面、香辣花蛤等特产，有济公传说、黄沙狮子、黄岩翻簧竹雕、台州乱弹、新前武术等民俗文化遗产，使日岙村成为美丽乡村全域旅游的重点文旅村落之一。

为此，村党支部、村委会决定对沙滩沿线进行开发，将投资10.8亿元，建成可供周边村民游玩的旅游胜地，把日岙这片浸润着孔子儒家文化的"清香之地"打造成山海文化的"文旅之村"。

撰稿人　孔子72代孙　宪潮（春桥）

2023年8月27日

玉环孔庙的崛起

港南文庙

玉环港南文庙始建于嘉庆八年（1803 年），嘉庆九年五月二十九日落成。由戴全斌、沈兰、吴屏藩、吴钟英、陈在熔五位地方绅士集资，在戴全斌的主持下，大家共同商量了一个捐建学宫的计划，"东门之计"就这样诞生了。

学宫建有棂星门、泮池状元桥、名宦祠、乡贤祠、大成门、先师殿及东西两庑等建筑。

同知黄秉哲见他们这样大义解囊，甚为感动，立即上报浙江巡抚阮元。阮元深知玉环初入管辖时本无人读书，直到乾隆二十年间才"始录文士秀"，而现在的读书风气"已历三变矣"，马上又上报朝廷，政府也立即批准了建设。这座孔子庙建得层楼耸翠，气势恢宏。庙额竟有四位皇帝的御书，圣祖仁皇帝御书"万世师表"，宣宗成皇帝御书"圣协时中"，文宗显皇帝御书"德齐帱载"，穆宗毅皇帝御书"圣神天纵"。大成殿祀位供奉的是至圣先师孔子。我们现在来看看这座孔庙的基本机构：整个孔子庙四周环绕着高高的宫墙，中央是大成殿，大成殿的南面的大成门，门外左边建有名宦祠，右边建有乡贤祠，大成门前面凿有泮池，池上架有石桥，名为"状元桥"。大成门前面又有"棂星门"，门外的左边有一座高大的石牌

坊，上面凿有四个大字"德参天地"，右边也有一座高大的石牌坊，上面也凿有四个大字"道冠古今"，两牌坊龙蟠虬绕，气势夺人。大成门内的东边是更衣所和碑亭，堂室门楹，悉加绘饰，简直是金碧辉煌光彩夺目。

道光十四年、十七年（1834 年、1837 年）重修的文庙的最大捐建者是陈在熔。陈在熔是玉环有名的绅士，产业颇多，为人慷慨解囊乐善好施。港南文庙最后一次重修在光绪十九年至二十五年（1893 年—1899年）。这次因台风来袭使文庙损失惨重，县太爷的命令谁敢不听，何况他们一个个都是绅士，绅士应该有"绅士风度"，立即闻风而动，使修建得以顺利完工。

民国时期，部分建筑作为办学场所（现为环山小学）。民国十八年（1929 年）在文庙内设县民众教育馆，民国三十三年（1944 年）玉环简易师范学校迁入文庙，至 1950 年停办。1960 年前夕，文庙被改建为县公安局，仅存泮池状元桥。

1966 年，县人民群众将孔庙迁至玄坛庙，后再迁中青山南麓。2003 年11 月立孔子铜像，建杏坛。次年重建庙宇，改称孔子庙。2014 年建成状元桥。

巍巍孔子大成至圣，

煜煜书经精伟恒铭。

港北孔庙

清雍正九年（1731 年），港北水洞岙里孔氏大家族建有孔庙，即孔氏家庙。建筑整体有五开间，坐西南朝东北，巍巍峨峨，雕梁画栋，飞檐翘角。当年的农历八月廿七日的上梁大喜之日，时任玉环厅同知张坦熊也曾坐轿亲临拜谒，并在盛会上做了重要讲话和剪彩。五湖四海的居士和外地的孔子后裔也纷纷前来祭拜。后来，每逢农历八月廿七孔子诞辰这一天，前来祭祖的孔姓后裔络绎不绝，清明节时，外迁的族人也会回来祭扫祖先。除此之外，不知有多少求升学、升职，求运的善男信女前来焚香。

张坦熊字男祥，号郎湖，湖北汉阳（今武汉市）人。他在港北水洞岙孔庙的讲话和拜谒，给孔氏大家族留下了深刻的印象。

道光十七年（1838年）年久失修的孔庙遭遇特大台风袭击，大成殿西北坍塌，两庑屋顶被抛揭，大成门西侧的石碑坊全部被毁，孔庙整体损毁殆尽，一片狼藉。玉环同知获知后派员赴现场勘察。因为乡下地方没有官员到访，这事在地方上引起不小的轰动。受派遣的官员代表同知宣布了两条命令：第一动员各方力量，带头捐款集资重建；第二有钱出钱有力出力，在短时间内完成重修工作。

在场参加会议的孔子后裔、水洞岙地方绅士69代孙孔继根率先积极响应，拿出钱款，金额占总款项的一半之多。事后他还发起了多方集资，终于使修建顺利进行。

经过半年的修复，水洞岙孔庙得以圆满竣工。可惜的是在农业合作化时期改作他用，最后也遭拆除。目前村两委决定，重修绘制图纸，重建港北水洞岙孔庙。

玉环港南、港北孔庙落成之后，李树苑居士在《捐建学宫记》中写道："众力举擎，共成厥事。数年之间，家弦户诵，士风蒸蒸日上，且有乡领荐、捷南宫（考取进士举人），千云直上者……"我们从这篇文章中可以看到，孔庙的建立，对玉环的教育事业起到了何等巨大的推动作用。这只是对玉环，对全国呢？对全世界呢？我们还是再回到孔子为什么能列入世界十大思想家和文化名人的首位这个问题上来。汤思佳先生《儒家思想与高等教育》一文说得好：孔子在二千五百七十多年前，首创私学，打破贵族对教育的垄断，把文化知识传播到了民间，为中国古代教育事业的发展做出来创造性的、不可磨灭的贡献。由此，他在世界教育史上占有崇高的地位，被尊称为"万世师表"，可说是教师的始祖和典范。他的教育思想，成为世世代代的楷模及指南，在当今中国和世界仍具有十分重要的现实指导意义和价值。

港南与港北两所孔庙的崛起，对玉环千百年来的教育事业有着深远的影响。

玉环孔庙的崛起

玉环地处海岛，近七年来，玉环市的教育质量名列台州九个县市区第一，夺得七连冠。目前有不少乐清、永嘉、洞头等周边县市区的市民将房子买在玉环，小孩在城关、陈屿小学读书，希望孩子能在玉环接受优质教育，考入全国名牌大学。

现代孔子庙的崛起

日岙村是孔子后裔的聚居地，尊师重教的儒家品德烙印在村民心中。自孔子学堂建成，乡亲们都沉浸在良好的儒学氛围里，学习礼仪，传播儒学文化。孔子的儒家文化和思想，一直滋润着日岙村这块热土。这里乡风朴实文明，邻里友爱，知书达理。教育补短板，均衡求发展，致富先治愚，育人先扶智。日岙村自建学堂，尊师重教，全面提升学校办学条件、管理水平和乡村教育质量，为师生及村民提供良好的学习和展示平台，并在学校中体验科技的乐趣。弘扬孔子的儒家学说，子孙们牢记孔子"独贵独富，君子耻之""欲能则学，欲知则问"的家训格言，相互帮富促富，大家共同致富。日岙村原村委主任孔宪辉热心古文化，送报告，跑部门，在创建日岙村儒学堂、孔子文化礼堂中废寝忘食，立下了汗马功劳。在他的努力下，市发改局于 2013 年 8 月 15 日立项审批，玉环县人民政府于 2014 年 1 月 14 日审批文件。最终，儒学堂于 2014 年 5 月 18 日动土建筑，于 2015 年 1 月 19 日上梁，于 2016 年 8 月 16 日落成。紧随其后，孔子文化礼堂于 2017 年农历八月二十七日（刚好是纪念孔子 2568 周年诞辰）落成。自从创建社会主义新农村之后，村民们迫切要求建孔子书院，原玉环县城办、规划办主任孔宪潮（又名孔春桥），他热心公益事业，经过几十年在南京等地的打拼，得到很好的回报，获悉本村要建孔子学院，在他精心的谋划和融资下，社会各界以及村民都慷慨解囊，按每户少则千元，多则近十万元的标准，采取自愿出资和集资相结合，筹措资金与孔氏宗亲赞助相结合的办法，筹集资金 370 多万元，同时得到了省、市一事一议项目支持 857 万元，征用土地 16.8 亩，建造了三幢建筑面积 4200 多平方米的仿古琼楼，有孔子文化礼堂、儒学堂、论语楼、藏书阁等，共投入资金1200多万元。现在，包括孔子文化礼堂在内的四处建筑群占有得天独厚的条件，巍然耸立在玉环的最东方。

撰稿人　孔子 74 代孙　繁都

2023 年 8 月 27 日

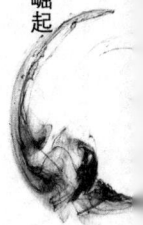

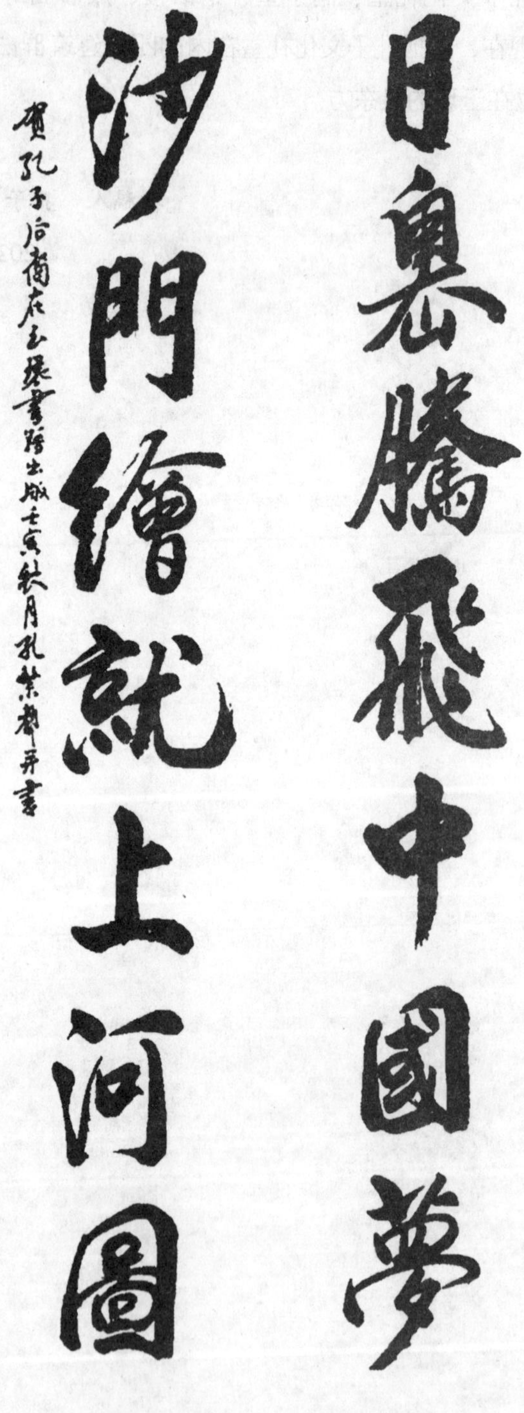

日�騰飛中國夢

沙門繪就上河圖

賀孔子后裔在玉環書畫聯出城壬寅秋月孔繁群升書

宗支概况

日岙孔氏传记

陶渊明的《桃花源记》记录了潜翁因梦为诗、梦里桃源之心境，短短四百字，给世人留下了永恒难忘的"此中有真意，欲辨已忘言"的缤纷世界。

在东海之滨的浙江省生态镇、台州市生态示范镇——沙门镇的东北部，与温岭市城南镇江绾南岙紧邻的沙门镇日岙村，似乎也是一个可以让人"忘言"的桃花源。它依山，山上峰峦奇秀，千姿百态，形状各异；它傍海，海大浩瀚无涯，千帆竞发，蔚为壮观。日岙村已有村民 526 户，1528 人。日岙村由东日、南园、西旺、北前、中发五个自然村组成，面积约四平方公里，有耕地 575 亩，山林 2000 亩，是一个山多地少的海边小山村。党的十八大以来，日岙村党支部、村委会在沙门镇党委、政府的领导下，深入实施乡村振兴战略，以"美丽日岙"田园综合体为蓝本，以孔子文化为魂，以美丽田园为韵，以牧海渔业为基，用美丽乡村留住美丽乡愁，为广大村民带来了更多获得感、幸福感、安全感。

据史料记载，日岙孔子后裔是河南郏县派，孔子 41 代孙仲良任福建莆田县令，为官清廉。后裔居住莆田，孔子 45 代孙延集于五代后晋天福五年（940 年），因闽王叛乱，从福建莆田漂洋过海带孔子铜像来到温岭江绾。后孔延集次子孔宗程又于宋乾德三年（965 年）迁居玉岙，孔宗程来玉岙那年风调雨顺，国泰民安，十分吉祥。这里常年风光秀丽，这里花香岁月长，这里山高多鸟语，这里绿色好梳妆，这里四季变换着田园山水，这里有油画的色、水墨的境，葱葱郁郁的箬竹布满了整个山岗。以箬竹为主要草木的场景，迷醉着来自天南地北的游客。后经过几番考证，把玉岙改称箬岙。直到民国三十二年（1943年）玉环各乡镇村落地名调整时还用箬岙，用"箬"字用了984年。箬岙东面就是大海，箬岙后沙海滩鹅卵石与雨花石媲美，是游客观赏的好去处。沙滩东面小犁头山脚有个蝙蝠洞，曾是红十三军应保寿部活动住宿过的地方。这里历史源远流长，文化底蕴相当深厚。

孔子诞辰至今已有2570多年的历史，其族属繁衍日益增加，几乎遍及全国各地，乃至韩国、朝鲜、美国、新加坡以及中国台湾各地，有400多万后裔，玉环也有5500多人。孔子后裔历史上虽然人口繁杂，但始终长幼有序，是因为孔氏家族有着严格统一的字行辈分。孔氏正式订出行辈是在明朝，明初朱元璋赐孔氏八个辈字：公彦承弘，闻贞尚胤（衍），供起名用。近年根据研究发现，或为建文二年（1400年）惠帝朱允炆所赐。后因洪武元年（1368年）56代孔希学及洪武十七年（1384年）57代孔讷先后袭封衍圣公，于是就把"希"和"言"旁加上去，扩充为十个字，即：希言公彦承，弘闻贞尚胤（后清代为避帝讳，将弘改为宏，胤改为衍）。至明崇祯二年（1629年），这十个字已不够用，由65代衍圣公胤植奏准，后续十字即：兴毓传继广，昭宪庆繁祥。到清乾隆九年（1744年），由礼部调查整理，报皇帝钦定，再添十字：令德维垂佑，钦绍念显扬（另一说为同治二年<1863年>所奏准）。到民国初年，为使各地后裔编制家谱世系不乱，民国七年（1918年）67代衍圣公孔令贻又立二十个字，咨请当时的北洋政府核准，于次年向全国公布，亦即第86代至105代的字辈：建道敦安定，懋修肇懿常，裕文焕景瑞，永锡世绪昌。

在这里，民俗文化异彩纷呈，比如，"传故事，学论语"等。行走在箬岙，各式风格的建筑比比皆是，这些藏在深山里、大海边的古建筑瑰宝，无不与箬岙拥有自己的海岸码头关系密切，南来北往的客商，海内外文化的撞击，自然会让这个"隐居"的古村落拥有别样的风情。

宗支概况

新中国成立，好像太阳发出的第一道曙光，照亮在箬岙人的身上，至此箬岙的"箬"字改成"日"字，叫日岙村。从此日岙村欣欣向荣、蒸蒸日上，日岙村民充满了奋发向上的激情。

诗曰：首照晨光日岙前，海滩卵石映山川。大园峰顶古烽火，孔子精神后裔传。

日岙村的孔子后裔，还自建学堂，子孙们都沉浸在良好的儒学氛围里，学习礼仪，传播儒学文化，只可惜到后来，学堂遭到破坏，如今已不复存在。但那时良好的学风，让这里百姓崇尚礼仪，民风淳朴，邻里和睦。孔子铜像是温岭市江绾孔子后裔保存至少一千五百多年的传家宝，高26厘米，重1公斤，冠后起两柱横簪，行状古穆，铸相奇妙。群众对孔子铜像历代敬之如神，由有威望的族人专门保管珍藏。仅在孔子诞辰日，举行礼式，擂鼓鸣炮，撑伞遮像，有卫士两三人专程奉送，相迎至宗鲁堂，供族人和群众瞻仰祭拜。每年古历八月廿七日，是孔子的诞辰日，日岙村的孔子后裔都会去江绾祭拜自己的祖先。在"文化大革命"时祖传的孔子铜像被温岭造反派拿走后，中断了每年祭祀活动。在众孔子后裔努力下，终于在1984年将离别故里十几年孔子铜像请回江绾。在途中特地绕道到日岙村，大家敲锣打鼓、吹号、放鞭炮，锣鼓喧天，号角嘹亮，全村孔氏后裔都出来设坛祭拜迎接，人们像过大年一样欢天喜地。

孔延集祖辈为官清廉，坦荡人生，绵延至第55代孔克徵，在元末至正年间为台州司户参军，战乱卒于官。此外，其族兄弟孔克庸是孔宗路第九代孙，影响较大，较为出名。

孔克庸，字中夫，又名克炯，县贡生，后为太学生，武举，永乐十二年（1414年）时任直隶大名府知府，因重建大名府有功荣膺翰林院奉祭酒司，陪皇帝共商国是，又荣升河南承布政使司左布政使。孔克庸呕心沥血、一心为国，当父母年老多病，甚至去世都未来得及还乡看望，饮泪疆场。在孔氏宗谱中存有《望云堂诗序》《望云堂后序》是传颂克庸抗海洋、战敌寇的赞歌。宋明时儒学气氛非常浓厚，孔子后裔在这良好的儒学气氛里受益匪浅，减税收，免丁役，有学田。

68 代孙孔传端时任九品官,69 代孙孔继英及其子广桂同为太学生,70 代孙孔广极为庠生,69 代孙孔继宝是新中国成立前参加革命的老干部,曾参加过解放洞头战斗,新中国成立后在浙江省第一监狱任狱警科科长,曾下放到家乡劳动,以后平反回原单位工作。孔继宝有两个儿子,大儿子孔力入伍陆军,曾任浙江省第二监狱副监狱长,次子孔强在温州工作,一家人均在杭州、温州安家。

71 代孙孔昭祥。92 岁高龄的孔昭祥是日岙村里最年长的退役老兵,1949 年入伍,1950 年 4 月入党,1955 年退伍,曾任某部新训四连班长。1953 年曾走过"三八"线,退伍后带回来一枚抗美援朝纪念章。

71 代孙孔昭国,又名孔六梅。1976 年 12 月参军;1978 年入党;1980 年参加军队第一期预提干部学习;1988 年参加中国人民解放军原后勤指挥学院进修;1999—2002 年,参加华东师范大学国际关系与世界经济专业在职研究生学习,获经济学硕士学位;2005—2008 年,参加亚洲国际公开大学在职 MBA 学习,获工商管理硕士学位。历任上海警备区某师战士、班长、学员、火炮技师、军械仓库主任、机关助理员,上海警备区装备部参谋、处长、副部长,中共静安区委常委、区人武部部长,大校军衔;2013 年,退休安置于上海市浦东新区第一干休所。退休后,孔六梅心系故里、服务乡亲,现任玉环市在沪人才联谊会会长、玉环市儒学发展促进会名誉会长。孔会长热心于公益事业,热忱助力家乡建设,热情接待与帮助乡亲赴沪就医、就学、就业,在乡间有口皆碑,被传为佳话。其子孔宪钧,又名建钧,澳大利亚墨尔本大学金融专业毕业,硕士研究生学位,现就职于上海金融行业。

72 代孙孔宪潮,又名孔春桥,原玉环县县城办、规划办主任,他热心公益事业,经过几十年在南京等地的打拼,得到很好的回报。他获悉本村要建孔子书院,在他精心的谋策和融资下,社会各界以及村民都慷慨解囊,按每户少则千元,多则近十万元的标准,采取自愿出资和集资相结合、筹措资金与孔氏宗亲赞助相结合的办法,孔子书院才得以顺利建成。其儿子孔庆轩,又名孔海轩,是浙江大学在职研究生。

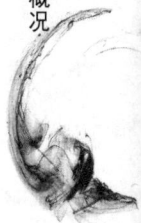

72代孙孔宪李，又名孔小定，1965年入伍，参加援越抗美战争，展现了国际主义精神。他的两个儿子都非常优秀，大儿子孔欣欣是玉环市经济开发区建设规划局局长助理，小儿子孔向荣在国家税务总局稽查局综合处任处长，现荣升为副司长，定居北京。

72代孙孔宪华，又名孔云华，1983年生，工学博士（环境工程方向），现任深圳水务集团深水生态环境技术有限公司（国企）技术总监兼产品创新中心主任，党总支委员会委员。

72代孙孔宪锋，又名孔方桂，大连海运学院本科毕业，中共党员，1969年9月出生，1991年8月参加工作，在职研究生学历。曾任台州市交通局驻甬工作组副组长，台州市公路运输管理处副处长，三门县海游镇党委副书记（挂职），台州市道路运输管理局副局长等职务，现任台州沿海高速党委书记。

73代孙孔庆军（曾用名孔美冬），1951年12月出生。1969年12月至1975年3月在中国人民解放军6294部队参军，任战士、副班长、班长，1971年7月加入中国共产党。1975年10月至1977年7月在台州师范学校中文科读书毕业。1977年8月至1992年10月在台州师专工作，先后担任学校办公室秘书、总务副主任。在此期间于1985年4月至1987年6月在中华全国律师函授中心学习毕业。1992年10月至2011年12月在中国人民保险公司温岭支公司工作，任办公室副主任，曾任温岭市孔子联谊会常务理事兼秘书长、副会长。

74代孙孔繁勋又名孔云华，1980年生，浙大本科毕业，中科院上海药物研究所博士后，现在该所工作。

日呑村还有孔魏魏、孔忠辉、孔魏杰、孔嘉锋、孔宇乾等几人都是军校毕业，在中国人民解放军部队任军官。

日呑村是孔子后裔的聚居地，尊师重教的儒家品德烙印在村民心中。自孔子学堂建成，乡亲们都沉浸在良好的儒学氛围里，学习礼仪，传播儒学文化。孔子的儒家文化和思想，一直滋润着日呑村这块热土。这里乡风朴实文明，邻里友爱，知书达理。教育补短板，均衡求发展，致富先治愚,育人先扶智。日岙村自建学堂,尊师重教,全面提升学校办学条件、管理水平和乡村教育质量,为师生及村民提供良好的学习和展示平台,并在学校中体验科技的乐趣。弘扬孔子的儒家学说,子孙们牢记孔子"独贵独富,君子耻之""欲能则学,欲知则问"的家训格言,相互帮富促富,大家共同致富。日岙村原村委主任孔宪辉热心古文化,送报告,跑部门,在创建日岙村儒学堂、孔子文化礼堂中废寝忘食,立下了汗马功劳。在他的努力下,市发改局于 2013 年 8 月 15 日立项审批,玉环县人民政府于 2014 年 1 月 14 日审批文件。最终,儒学堂于 2014 年 5 月 18 日动土建筑,于 2015 年 1 月 19 日上梁,于 2016 年 8 月 16 日落成。紧随其后,孔子文化礼堂于 2017 年农历八月二十七日(刚好是纪念孔子 2568 周年诞辰)落成。自从创建社会主义新农村之后,村民们迫切要求建孔子书院,原玉环县城办、规划办主任孔宪潮(又名孔春桥),他热心公益事业,经过几十年在南京等地的打拼,得到很好的回报,获悉本村要建孔子学院,在他精心的谋划和融资下,社会各界以及村民都慷慨解囊,按每户少则千元,多则近十万元的标准,采取自愿出资和集资相结合,筹措资金与孔氏宗亲赞助相结合的办法,筹集资金 370 多万元,同时得到了省、市一事一议项目支持 857 万元,征用土地 16.8 亩,建造了三幢建筑面积 4200 多平方米的仿古琼楼,有孔子文化礼堂、儒学堂、论语楼、藏书阁等,共投入资金 1200 多万元。现在,包括孔子文化礼堂在内的四处建筑群占有得天独厚的条件,巍然耸立在玉环的最东方。

附:孔子世家谱郏县派温岭支日岙村房谱

1 孔子—2 孔鲤—3 孔伋—4 白—5 求—6 箕—7 穿—8 谦—9 腾—10 忠—11 武—12 延年—13 霸—14 福—15 房—16 均—17 志—18 损—19 曜—20 赞—21 羡—22 震—23 嶷—24 抚—25 懿—26 鲜—27 乘—28 灵珍—29 文泰—30 渠—31 长孙—32 嗣悊—33 德伦—34 崇基—35 璲之—36 萱—37 齐卿—38 惟晊、惟昉、惟时(迁河南省郏县后称郏县派)—39 克宽、克贡(温岭支祖)—40 庭环—41 仲良—42 光宠—43 仁风—44 琛—45 延浩、延集

（五代后晋天福五年<940年>因闽王叛乱，延集从福建省莆田迁居浙江省温岭江绍）—46宗路、宗程（迁居玉岙，现名日岙）—47若振—48端山、端云（又名泗云，子一淑，后嗣迁居宁海力洋）、端仍（又名泗仍，子二富立、芬）（芬子一原贞，住江绍，后嗣迁居乐清前岙孔）、端水、端玄、端成—49受福、受禄（受禄子二原纲、原纪，后嗣迁居乐清筋竹）—50兆科（三宅房祖）、兆甲（大坟前房祖）、兆林（迁居水桶岙）

日岙房谱还有六宅、西头两个房谱无法与山东涵接，因上代不详。

兆科（三宅房祖）后裔外迁记录

63代贞固迁居温岭莞田

67代毓茂迁玉环寨口

67代毓达迁垟根村

69代继岳迁温岭岙环后亭坑村

69代继根迁龙溪渔业村

69代继宝迁杭州临平

69代继云迁瑶坑村

69代继沛迁居温岭山下金

69代（六宅房）继昌迁居楚门镇应家村

70代广每迁象山县鹤浦镇犁头塊村

71代昭国又名六梅迁上海东泰路200弄

兆甲（大坟前房祖）后裔外迁记录

72代宪满又名贵满迁干江老傲前

73代庆财迁宁波

73代庆军迁温岭市太平镇

74代繁华又名军辉迁居宁波鄞州区中河街道安和院

75代祥辉又名辉迁居杭州临平快乐城

75代祥君又名翔安迁宁波鄞州区中河街道

附：日岙大队、村任正职人员名单

姓名	任职时间	职务	备注
孔昭满	1950 年—1956 年	农会主任、大队长	
孔先寿	1956 年 3 月—1968 年	大队长	
孔金生	1968 年—1973 年	大队革命领导小组长	
孔先寿	1973 年—1985 年 6 月	大队长	
孔广彦	1973 年 7 月—1987 年 2 月	大队、村党支部书记	
孔中先	1985 年 7 月—1987 年 4 月 1987 年 4 月—1990 年 3 月	主持村日常工作、 代理村委主任	
孔万夫	1987 年 3 月—1990 年 2 月	村党支部书记	
孔万春	1990 年 3 月—1998 年 12 月	村党支部书记	
孔夫鉴	1990 年 4 月—1992 年 4 月	村委会主任	
孔宪辉	1992 年 5 月—1998 年 12 月	村委会主任	
孔广彦	1999 年 1 月—1999 年 6 月	村党支部书记	
孔根秋	1999 年 1 月—2001 年 12 月	村委会主任	
孔招云	1999 年 7 月—2015 年 6 月	村党支部书记	
孔宪辉	2002 年 1 月—2005 年 5 月	村委会主任	
孔冬秋	2005 年 6 月—2007 年 3 月	村委会主任	
孔万明	2008 年 3 月—2011 年 3 月	村委会主任	
孔宪辉	2011 年 4 月—2017 年	村委会主任	
孔宪辉	2015 年 7 月—2020 年 9 月	村党支部书记	
孔玲桂	2017 年—2019 年 4 月	村委会主任	
孔玲忠	2020 年 9 月至今	村党支部书记、 村委会主任	16、17 届玉环 人大代表

撰稿人　孔子 73 代孙　庆军　74 代孙　繁春

2023 年 8 月 27 日

宗支概况

国色天姿歌盛世
英明孔圣冠九州
　庚寅陆梅作

陆 梅

台州市美术家协会会员

玉环市美术家协会会员

玉环市老年书画研究会会长

宁海力洋孔氏后裔分布

孔子是我国古代伟大的思想家和教育家，儒家学派创始人。宁海力洋孔氏即是孔子的后裔，祖籍为山东曲阜。孔子制定礼仪，认为姓氏不能经常更换，于是以六代祖先孔父嘉的孔作为本宗姓氏延续下去。宁海孔氏，上溯为河南郏县派，37代长孙齐卿，唐德宗建中三年（782年）封文宣王，青州司兵参军，兖州司马晋节度使。长卿三子维时，任山东兖州都督、功曹参军。41代孙仲良，贞元太和年间任全椒尉，后任福建莆田令，卒于任上，为官清廉，莆田人感德立碑，载于山东曲阜和莆田县志。45代孙延集，五代后晋天福五年福建闽王称帝，在战乱中延集与兄延浩失散，延集避至温岭江绾居住，次子46代宗程再迁玉环玉岙（即今日岙村）。在北宋年间，宗程生一子47代若振，若振衍六子，次子48代端云迁居宁海力洋。至55代孙克徵，在元末至正年间（1341年）任台州司户参军，战乱，卒于官，其子希道也流寓霞城（今临海）。洪武初年（约1368年），56代孙希道赘中保里叶家，妻叶氏，生二子：天麒、天麟。57代孙天麟，字伯仁，又字思明，妻冯氏，生四子：太平、升平、安平、裕平，迁居力洋。子孙繁衍，分析大邱、朱家洋（力洋孔村）、东洋等地，共计人口1100余人。

孔家，位于深甽镇西边，与奉化大堰镇大公岙相邻，古道可达新昌、天台。59代孙彦桧为避难携带儿子承锋（60代）从力洋孔到新昌居住。承锋第三子弘波（61代）于明正德辛未年（1511年），偶过里岙长大溪，

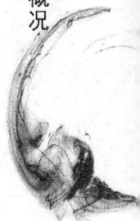

见此地依山傍水，风景宜人，与儿子闻路就在此地搭建房屋定居下来，以姓氏为村名，叫孔家。闻路公在孔家生五子，贞玄（早卒）、贞福（大房）、贞禄（二房）、贞袄（三房）、贞裕（四房）。孔家村由此兴旺，弘波为孔家村始祖。

上横山，位于清潭村与孔家村之间。69代孙继信迁居上横山（原名张家畈，后以伏虎山为界，上为上横山，下面叫下横山），发族后孔姓占大多数。

岳井，属长街镇。72代孙宪根、宪度迁居此地。

另外，67代孙毓芝迁居璜溪口，67代孙继泰迁居深畎，70代孙广铸迁居山横，70代孙广材迁居螺丝坪，70代孙广远迁居杭州、广顶迁居宁海城关、广明迁居马咀溪。71代孙昭木迁居李家村，昭朱迁居临安，昭成迁居凫溪。72代孙宪兴迁居燕楼山，宪源迁居前宅村，宪源迁居前宅村，宪勤迁居城关，宪朱迁居西店，宪炽、宪松迁居大蔡，宪明迁居洪家，宪军迁居城关。73代孙庆林迁居梅林，庆宣迁居梅林花园村。

另据《孔子世家谱》二集四十六卷记载，孔氏53代孙孔淋从曲阜塘迁入宁海城南，育二子：思姿、思初。思姿定居宁海城关，思初迁居黄坛山头王（明珠行政村）。

清代乾隆年间（1711年—1799年）孔氏族人廿余人从慈溪迁入奉化，分居西店镇洪家村。

孔氏祖训

一、春秋祭祀，各随土宜，必丰必洁，必戒必敬。此报本追远之道，子孙所当知者。

二、谱牒之设，正所联同支而亲一本，务宜父慈、子孝、兄友、弟恭，雍睦一堂，方不愧为圣裔。

三、遵儒重道，好礼尚德，孔门素为佩服。为子孙者，勿嗜利忘义，出入衙门，有愧先德。

四、孔氏子孙流寓各府州县，朝廷追念圣裔，优免差徭，其正供国课，只凭族长催征。皇恩深为广大，宜各踊跃输将，照限完纳，勿误有司奏销之期。

五、谱牒家规，正所以别外孔而亲一本。子孙勿得勾相眷换，以混来历宗枝。

六、婚丧嫁娶，理论守重，子孙间不幸再婚再嫁，必慎必戒。

七、子孙出仕者，凡遇民间词讼，所犯自有虚实，务从理断而哀惊勿喜，庶不愧为良吏。

八、圣裔设立族长，给予衣顶，原以总理圣谱，约束族人，务要克己秉公，庶足以族望。

九、孔氏裔孙，男不得为奴，女不得为婢。凡有职官员不可擅辱，如遇大事，申奏朝廷，小事仍请本家族长查究。

十、祖训宗规朝夕教训子孙，务要读书明理显亲扬名，勿得入于流俗，甘为下人。

宁海县孔氏祠堂堂号

力洋孔氏建祠堂已历 300 余年，2006 年重修，堂号旨圣堂。
深甽里岙孔氏，祠堂建于清代嘉庆十九年（1814 年），堂号圣裔堂。
宁海城关孔氏，堂号文礼堂，祠堂已毁。

宁海孔氏人物介绍

孔墉（1890 年—1939 年），浙江宁海人，著名抗日爱国将领。1906 年入杭州高等学堂，毕业后在杭州初等师范学堂、绍兴府中学堂任教。辛亥革命爆发后，任新军童保暄部书记官，光复杭州时为童保暄出谋策划。1916 年袁世凯复辟称帝，孔墉襄助童保暄响应云南蔡锷起义，并深入所属各部，组织反袁力量。1935 年出任江苏省八区（今连云港市）专署秘书长，勘察沂、

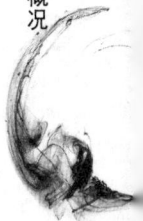

宗支概况

沐、蔷薇诸水以修水利，获国民政府通令嘉奖。1937年抗战全面爆发，1938年日军进犯连云港，孔墉在危难之际受任海州护理专员兼保安司令。1939年3月12日率部抗击来犯日军时中弹负伤被俘，坚贞不屈，视死如归，被日寇用刺刀残杀。2003年12月，浙江省人民政府追认孔墉为革命烈士。

孔云生（1873年？—1939年），又名宏寿，以字行，号兆成，浙江省宁海县新宁乡四都洪村（今宁海县西店镇洪家村）人。少时学木匠手艺，心灵手巧，脚头勤快，常在毗邻的奉化、鄞县做手艺。后改行随同鄞县人去上海经营钱庄，不久就去日本经商，分别在长崎、神户、横滨等地设立"两替店"（货币兑换店）、钱庄，兼营进出口贸易。曾任日本横滨中华会馆董事、商务会议所长、横滨中华商会会长等职。孔云生仗义疏财，不仅积极投身于慈善公益事业，同时还支持横滨兴中会的革命派和戊戌运动变法后流亡日本的保皇派。抗战爆发，孔云生除长子孔世恩留守日本外，自己率家人回国，于1939年去世。

姓名	性别	出生时间	出生地	最高职别、荣誉
孔道春	男	1963.2	深圳孔横山	北京大学生命科学院教授、博士生导师
孔建农	男	1961.4	明珠村（出生地上海）	空军某部原部队长，大校军衔
孔祖开	男	1964.11	孔横山	中国航空工业集团公司特级专家，江苏省五一劳动奖章、国务院政府特殊津贴
孔霖菲	女	1990.3	明珠村（出生地上海）	花旗银行（中国）人力资源部副总裁
孔跃辉	男		黄坛	宁波市渔政执法大队副大队长
孔蕾	女	1982.11	黄坛	浙江省海洋监测预报高级工程师
孔昱	男	1982.11	黄坛	宁波海事法院办公室主任
孔明通	男	1953.12	力洋	正处级调研员
孔祥贵	男	1961.11	力洋	岔路镇四级调研员
孔岳南	男	1940.7	宁海城关	宁海县侨联副主席
孔松彪	男	1972.1	力洋	宁海文旅体局副局级
孔林根	男	1958.1	孔横山	中国民间文艺家协会会员、中学高级教师

附：力洋孔村、孔横山村、岳井东张家村孔氏担任各村书记、村主任（大队长）一览表

孔横山村（孔家、上横山）

姓名	性别	担任职务	出生地	所任时间	备注
孔林明	男	书记	孔家	1960.1—2001.1	
孔国寿	男	大队长、村委会主任	孔家	1960.4—1966.4 1989.4—1993.3	
孔长根	男	大队长、村委会主任	孔家	1972—1989	
孔林明	男	村委会主任	孔家	1993.4—2002.2	
孔志兴	男	书记	孔家	2001.2—2005.2	
孔祥军	男	村委会主任	孔家	2002.3—2005.3	
孔祥军	男	书记	孔家	2005.3—2017.3	
孔祖通	男	村委会主任	孔家	2005.4—2006.3	

力洋孔村、岳井东张村书记、村主任（大队长）

姓名	性别	担任职务	出生地	所任时间	备注
孔火元	男	书记	上横山	1962.9—1987.9	
孔常才	男	大队长	上横山	1972.2—1980.1	
孔祥永	男	大队长、村委会主任	上横山	1980.2—1986.2	
孔祖明	男	村委会主任	上横山	1986.3—1989.2	
孔国新	男	书记	上横山	1987.10—2006.9	
孔祥福	男	村委会主任	上横山	1989.3—1999.3 2002.3—2006.3	
孔万满	男	村委会主任	上横山	1999.4—2002.3	
孔祥军	男	书记	孔横山	2006.5—2017.10	
孔祖通	男	书记	孔横山	2017.11—2022.8	

孔横山村（孔家、上横山）

姓名	性别	担任职务	出生地	所任时间	备注
孔万家	男	大队长	力洋孔	1949—1968	
孔繁来	男	大队长	岳井	1956—1961	岳井公社（四村合并）
孔繁来	男	大队长	岳井	1961—1966	卫东大队（三村合并）
孔祥和	男	书记	力洋孔	1963—1982	
孔祥和	男	大队长	力洋孔	1969—1982	
孔祥其	男	大队长	岳井	1977—1980	卫东大队（三村合并）
孔令兴	男	大队长、村委会主任	力洋孔	1983—1985	
孔令垚	男	村委会主任	力洋孔	1986—1989	
孔令总	男	书记	力洋孔	1986—1989	
孔万永	男	村委会主任	力洋孔	1990—1992	
孔万省	男	村委会主任	力洋孔	1993—1998	
孔德顺	男	村委会主任	力洋孔	1999—2001	
孔令成	男	村委会主任	力洋孔	2002—2007	
孔德顺	男	书记	力洋孔	2002—2007	
孔令柯	男	书记	力洋孔	2008—2022	
孔万明	男	村委会主任	力洋孔	2008—2013	
孔彬斌	男	村委会主任	岳井	2018—2021	东张村
孔彬斌	男	书记兼社长	岳井	2021—2022	东张村

撰稿人　孔子74代孙　繁深（林根）

2023年8月27日

乐清前岙孔孔氏传记

　　孔氏宗族是由孔子逐代繁衍下来而形成的庞大家族。孔子作为伟大的思想家、教育家，他创立的儒家学派对后世中国以及整个东方文化产生巨大影响，他在文化领域里作出的贡献将永彪史册。

　　孔子家世享尽封建特权，历代王朝都尊崇孔子、宣扬儒家，使孔氏家属长盛不衰。孔子后裔世代居住山东曲阜，历经两千余年，家属繁衍日益增多遍及世界各地。

　　我前岙孔宗族祖先，在北宋年间，宗程生一子 47 代若振，若振衍六子，长子端山、次子端云、三子端仍、四子端水、五子端玄、六子端成。次子端云又名泗云，所生一子名淑，嗣后迁居宁海力洋。三子端仍原名泗仍，所生二子长子富立、次子芬，芬所生一子名原贞，住温岭江绾，嗣后迁居乐清大荆前岙孔。六子端成 48 代，所生二子长子 49 代受福，次子受禄所生二子，50 代长子原纲，次子原纪，嗣后迁入乐清大芙蓉筋竹、乐清大荆前岙孔，打铁巷，49 代受福所生三子，长子兆科（住日岙，三宅房祖），次子兆甲（住日岙，大坟前房祖），三子兆林（迁居水桶岙）。现有前岙孔、打铁巷孔氏后裔 250 多户，人口 750 多人。

　　54 代思浩，从小勤奋好学，像华佗那样治病救人、起死回生，实行人道主义，享受元君俸禄。元亡后，便想隐居山林，平日采药济世救人。一日来到乐清卓屿见这里独峰挺秀，水脉回环，鸟语花香，遂携家眷定居南

山脚下。正对独峰，取名卓屿南。随着他们的辛勤耕耘，繁衍生息，家族日益兴旺，且都姓孔，故改名为前岙孔。

随着历史变迁，人丁兴旺，58 代孔公抛迁居仙居，60 代孔承洪迁居黄岩逆溪。61 代孔弘悦携子三（间琐、间斤、间舍）移居打铁巷。67 代孔毓球（观海）迁居乐清牛鼻洞，毓勳携子三（传茂、传芳、传芬）迁居仙溪岩头。毓星携子三（传财、传能、传富）迁居蒲湾。毓美携子二（传榜、传科）迁居大荆。65 代孔胤起迁居黄岩前岸，68 代孔传楠迁居芙蓉版桥头，69 代孔继郊迁居水涨。继柏携子二（广祥、广东）迁居乐清清江，70 代孔广田携子一（昭金）迁居芙蓉，广忠携子（昭仁）迁居芙蓉白岩，广智携子昭初、孙宪望迁居台湾，71 代昭贤（忠富）迁居贵州贵阳，昭益携子（宪球）迁居宁波。

前岙孔、打铁巷孔子后裔，尊师重教，邻里和睦，乡风朴实，知书达礼，爱乡爱村更爱国。

71 代孔昭永，1923 年生于打铁巷。1947 年参军加入浙南游击队，新中国成立后担任玉环县公安队长。1950 年 7 月，壮烈牺牲。（生平事迹雁荡山烈士墓有录）

72 代孔宪儒（兆魁），1919 年生于前岙孔，他从小勤奋好学，具有崇高的理想和远大目标，在有生之年，能为人民群众办事谋福利，深受群众的好评和尊敬。

1947 年加入中国共产党，参加革命工作。

1948 年任村农会主任兼卓南委员。

1953 年任前岙孔村党支部书记兼卓南委员。

1956 年先后任仙溪乡乡长等职。

1959 年任仙溪大公社组织干事。

1961 年至 1980 年任卓南公社组织委员等直至离休。

72 代孔宪金（近才），1938 年生于前岙孔。1984 年任村党支部书记，任职期间所在党支部被评为市级先进党支部。1986 年前岙孔村被评为县级文明村，并建造第一批县级自来水供应站，公墓水泥道路等，1987 年被评为地市级文明村。孔宪金 1988 年连续两届当选为温州市人大代表，1990年被评为地市级标兵党支部书记。他一生从不计较个人得失，深受大家喜爱和尊敬。

72 代孔宪乐，1943 年生于前岙孔，现居住舟山普陀区。1961 年入伍，1963 年任排副、排长。1967 年任副连长、连长。1972 年任某部司令部工程参谋。1973 年转业舟山到粮食局工作到退休。

72 代孔宪武，1951 年生于前岙孔，小学高级教师。1985 年至 1991 年任卓南中心校校长兼党支部书记。1987 年当选为乐清市党代表，1980 年至1989 年被评为市级先进工作者。2008 年被评为市级优秀教师。2011 年被评为温州市第四届终身班主任奖。现已退休。

72 代孔宪尚，1957 年 6 月生于前岙孔。1980 年入党，1990 年任智仁乡司法助理，1996 年任龙西乡组织干事，1997 年任龙西乡纪委书记兼组织委员，2002 年任龙西乡副乡长，2007 年任仙溪镇纪委书记，2012 年任仙溪镇人大主席团常务副主席。2017 年经组织部确认正科级组织员。现已退休。

72 代孔宪泉，1958 年 12 月 26 日生于前岙孔。2001 年入党，1985 年参加工作，1991 年任乐清市航管所蒲岐航管站站长，1996 年任盘石航管站站长，2000 年任乐清市清江航管检查站站长，2013 年任乐清市港航管理局乐清湾港区港航管理所所长，2019 年任乐清交通运输综合行政执法队大队大队长。

73 代孔庆荄，1926 年生于打铁巷村，少年时代的他就开始接触革命地下工作人员，在他家设立地下党组织联络站，受到地区县武装斗争领导人仇雪清、仇心光、仇昌进、周时静等的影响，接受革命思想，随后投身农村武装组织，并在 1945 年 5 月加入中国共产党，且任村党支部书记。1947年 7 月参加浙南游击纵队，历任班长、排副、排长、连副、连长等职。新中国成立后任泰顺县大安区人武部长。1955 年任乐清县兵役局助理。1958年转业永嘉木器厂、永建公司、农业厂、造船厂、地质队交管站，任党支部书记。1982 年离休。

73 代孔成岳，1966 年生于前呑孔，本科学历，1989 年—1994 年任贵州省军区农场技术员、开发办主任。1994 年至 2003 年任黄平县果品公司经理、法人代表。2004 年至 2014 年任贵州黔东南州建筑工程总公司黄平分公司主任工程师。2011 年当选为贵州温州商会会长直至今。

73 代孔庆兴，1978 年生于前呑孔。2014 年担任村委会主任的他，上任期间为发展村集体经济和改变村貌，工作夜以继日，呕心沥血，成为村民心目中的骄子。

2018 年前的呑孔祠堂，从清光绪至今，经过百余年的风雨洗礼，年久失修。岁月把这祭拜先祖的神圣殿堂毁于一旦，在资金短缺的情况下，他废寝忘食，夜以继日，坐不安席，后在社会各界和筋竹等孔氏宗亲大力支持和资金帮扶下，孔氏族人以捐资形式，有钱出钱，有力出力，终于把祠堂翻建，让孔氏后裔有一个祭拜先祖的地方，孔氏族人为他感到骄傲。

74 代孔繁林，1955 年生于打铁巷村，1972 年参军，1975 年加入中国共产党。在部队服役期间，刻苦学习，成绩优良，任机械技师。1980 年调入原成都军区军代局任上尉军队代表。1988 年任原成都军区军代局少校军队代表，1991 年任原成都军区空军中校副团长，1996 年转业回乐清市任环保局局长。

74 代孔繁升，1972 年生于打铁巷，1992 年 10 月入伍，服役期间任江西上饶武警部队团级干部，2013 年转业，现任乐清市档案馆馆长。

74 代孔繁荣，孔庆林（成飞）之子，1997 年生于贵州。2018 年 10 月 12 日以优异成绩考入澳大利亚悉尼大学五年制本科双学历，提前一年于 2023 年完成学业，荣获悉尼大学终身荣誉文凭，悉尼市市长（克劳馥·摩尔）亲自为他授奖，悉尼大学任命他为研究生班团队组长和生物实验室主任，获得澳大利亚悉尼大学全额奖学金，现还在攻读博士学位，专业是生物医药工程。

撰稿人　孔子 72 代孙　宪康

2023 年 8 月 27 日

筋竹的孔氏后裔

　　五代后晋天福五年（940 年），因闽王叛乱，从福建莆田漂洋过海随带孔子铜像来到温岭江绾。后延集次子 46 代宗程又于宋乾德三年（965 年）迁入日峇（旧称玉峇），北宋年间宗程生一子 47 代若振，若振衍六子，长子端山、次子端云、三子端仍、四子端水、五子端玄、六子端成。次子端云又名泗云，所生一子名淑，嗣后迁居宁海力洋。三子端仍原名泗仍，所生二子长子富立、次子芬，芬所生一子名原贞，住温岭江绾，嗣后迁居乐清大荆前峇孔。六子端成 48 代，所生二子，长子 49 代受福住日峇，受福所生三子，长子兆科（住日峇，三宅房祖），次子兆甲（住日峇，大坟前房祖），三子兆林（迁居水桶峇）。次子 49 代受禄所生二子，长子 50 代原纲，次子原纪，嗣后迁入乐清大芙蓉筋竹。筋竹的孔氏迁居至今，已有 567 户 1800 多人口，他们耕耘、繁衍在雁荡山下，筋竹涧两岸。勤劳的孔氏后裔，历代奉行仁义礼智信等祖遗理念，也有着献身解放事业的思想和努力建设美丽家园的精神，在近代历史上流传着不少孔氏后裔勇敢对敌，无私奉献，助人为乐，尊敬长辈等方面的动人往事和先进事迹。

1938 年成立党支部

　　筋竹是自然大村，马小窟、野猪田、白岭堂、祠堂山等地树木茂盛，

居家安静、隐蔽，是游击时期活动的隐蔽点和联络点。当时浙南的游击纵队三中支队的总部在永嘉谷庄，经常来筋竹开展工作，当时筋竹就有十来个隐蔽点和联络点，三中支队的邱清华、周丕振、黄义桃、孔昭明等游击队领导同志经常在筋竹发展队伍、开展对敌斗争工作，孔氏后裔在上级领导的指导下，参加游击活动更为活跃。1938 年，孔宪班、孔昭仓、孔昭金、孔顺炎、孔心泰等人成立了中共筋竹支部，由孔宪班任第一任党支部书记，孔顺炎曾担任四明山的交通员。成立了党支部后，又组织了民兵队伍，在上级党组织和领导同志的及时领导和教育下，我村的游击同志对形势发展的前景更明确，革命的意志更坚强，信心更足，斗争更勇敢，游击活动从原来的隐蔽斗争逐步转向公开的、主动的、针锋相对的对敌斗争，开展了"破坏敌人通讯线柱""新塘缴枪""镇压特务恶霸""石门殿厂剿匪""白笠寺剿匪"等武装战斗。

安乐娘

筋竹白岭堂树木茂盛，林木中有三间小茅房，孔姆头母子二人相依为命。他们因无田无地，生活艰难，但母子俩忠诚善良，游击活动时，她家是联络点，经常有游击同志在她家开会议事，需联系送信的任务都落在安乐娘的身上。每次送的信放在破衣内、发簪里，装扮成讨饭的老婆婆，将信送往西沿、朴头、白溪、岭底等地，几年的送信都能通过关卡，安全完成任务。

有一次，游击的领导邱清华同志隐蔽在她家，她在门外望风放哨，突然看到两名背枪的伪兵上来，孔姆头急中生智，连忙拿着箬帽和锄头，装成骂儿子下地劳动，邱同志见状灵机一动，拿着箬帽和锄头从后门走了。当伪军来时，以为母子争吵不再追问，只是在她家搜查了一遍就走了。后来生活变好了，孔姆头不再像从前那样辛苦了，人们称她为安乐娘，新中国成立后，安乐娘被选上北京参加全国老区代表大会，受到了毛主席的接见。

红色群众

筋竹的游击队伍节节打击了国民党，动摇了伪政权，恼怒了反动势力，妄想扑灭革命烽火，消灭筋竹的游击力量。他们妄想从群众中打破缺口，全部消灭。1948 年 11 月 5 日，驻扎在芙蓉天后宫的国民党浙保四团对小芙、包宅、东岙等地进行了围剿。那天孔宪塔的父亲孔安寿在包宅亲戚家，突遇搜查，敌人得知是筋竹人，将他当场逮捕，并对他严刑拷打，坐老虎凳，坐飞机，还用烫烙在他的胸部，强迫他供出筋竹的共产党员和民兵的名单，折磨了两个多月，他仍然宁死不屈，丝毫未露秘情。出来后，党内的孔顺德、孔顺炎等同志带上南货礼品登门慰问，当时人们说他顽强坚定，称他为红色群众，由于他积伤成疾，到第二年就亡故，年仅42 岁。

筋竹孔氏天房祠

天房宗祠原是筋竹孔氏天房宗族祭拜祖宗的场所，自 1938 年建立党支部后，为开辟扩大地下队伍，隐蔽保护革命同志，在天房宗祠开办筋竹小学，像当时的林景光、王小泉、谢忠光、古怀等老同志，名为小学教师，实是游击革命同志，指导开展筋竹一带的对敌斗争，筋竹小学无疑成为游击据点。因筋竹地形优越，东西北环山，南通清江，水陆道路方便，山凹形的自然村落多，适应游击时期的隐蔽活动，天房宗祠成为筋竹多个联络点的中心点，当时邱清华、仇雪清、黄义桃、叶令银、郑梅欣、周丕振、连振钗、莫加叶、孔昭明等老一辈革命同志经常在筋竹指导开展对敌斗争，三中支队的同志经常到筋竹驻扎，斗争一直坚持到新中国成立前夕。

继芙蓉镇上马石村成立乐清县委后，1949 年 5 月 8 日，乐清第一任县长叶令银同志亲临筋竹，在筋竹小学（天房宗祠）举办成立第一届白溪区大会，参会的有白溪、清北、芙蓉和本地的一百多位游击同志，会上叶令

银同志做了重要讲话，并宣布任命孔昭明同志任白溪区区长兼任党委书记；孔昭明同志做了当前形势和今后任务的报告，并宣布任命王小泉、林景光等同志主持本区的管理、文书、文教等工作，孔宪松为区通讯员，会议在热烈的鼓掌声中圆满结束。白溪区的成立表明我们地区的新民主主义革命又取得了一大胜利，白溪区的成立也给天房宗祠增添光彩。

古风可挹

道光甲午年间，筋竹下新屋的祖辈怀记仁义礼智信的哲理，以忠孝节义等伦理道德教化下辈，因此在中堂挂着"古风可挹"的大匾。清末年间，住南首的户主、有生员学位的孔昭文在家办私塾时，仍以礼义忠孝一类文章教育弟子，学子孔宪占到一百零二岁时还和乡亲们议论读书时的"以师生之间感情喜悦，同学欲亲"之类的课文内容。所以他一生态度和蔼，待人和气，善于近人，人们称他是地方上的"老好人"。近年往北侧的户主孔必金三兄弟，也以忠孝为本，一生孝敬父母，父亲去世后，他们无微不至地关心母亲的生活。当母亲病重时，他三兄弟轮流陪母亲数月。乡亲邻里称赞他们确是"孝子"。

参龙的传承人

参龙传承人孔宪占，一贯务农，从小好学，上过私塾。认识一些文字，记忆力强，青年时期跟随叔公孔广掌外出参龙，熟记神农诗谱，懂参龙礼仪，能知36行82祖师姓名、专长、特色，掌握四时节令，了解瓜果蔬菜等常识，对民间中的一些古今事物能解释其来源特征，以随时应对参龙中的贺词。他十九岁时就自主领灯参龙，每年农历正月在芙蓉、白溪、乐清、玉环等地从事参龙活动，为丰富农村文化生活增添光彩。2009年被浙江省文化厅评为第三批浙江省非物质文化遗产"温州参龙"代表性传承人。

一对助人为乐的好夫妇

孔国成、应燕梅夫妇一贯热爱党、拥护党的方针政策。他们遵纪守法，家庭和睦，宾客相待，邻里团结，和气待人，关爱他人，助人为乐，为建设美好家园而无私奉献。

2005 年孔国成出资 7 万元为村安装路灯。

2007 年孔国成出资 17 万元为建文化大院和孔氏宗祠堂。

2008 年孔国成出资 2 万元修筑村老协门前的水泥道路。

2012 年孔国成出资 7 万元作为村内扶贫济困基金会经费，资助本村的贫困户。

孔国成不但在本村做了不少无私奉献的好事，在芙蓉他和工友一起出资在前垟山上建了一座凉亭，供老年人休闲歇息。

应燕梅也是关心他人、乐于助人的热心人，她经常在学期暑假时，拿出一定的钱作为困难学生的助学经费，本村有两位学生领到助学金后，听说是应燕梅助学的，全家都十分感激，家长还登门道谢。

国成和燕梅夫妇俩经常在年终时对本村的一些孤寡老人、残疾和特困户上门慰问，送红包，送温暖，解决他们暂时困难，祝他们节日快乐。

孔国成时时以党员标准要求自己，处处体现共产党员的先锋模范作用，在群众中有较高威信，曾担任两届乐清市人大代表。

三位孝媳妇

孝媳妇金美爱，公公孔宪强年老多病，常年用药服治，生活不能自理。次子媳妇长期在外经商，护理公公的担子自然落到了长子媳妇美爱一人身上。她每天递茶送饭，洗刷衣着，不怕脏不怕累，整天忙忙碌碌，毫无怨言。2004 年被镇评为"好媳妇"的光荣称号。

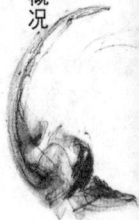

孝媳妇卢爱芬，是筋竹下段孔连亦之妻，1996 年时，婆婆就中风多年，生活不能自理，唯靠她照料护理。祸不单行，她娘家还有一位空巢的 93 岁多病的老父亲需服侍，每天都要做两家饭，做两家事，料理两家的残疾人，每天上上下下，白天忙不过晚上做，整整护理忙碌了二十来年。2011 年被镇评为"好媳妇"的光荣称号。

孝媳妇章珠彩，1998 年婆婆中风瘫痪，长期卧床，生活不能自理，第二年公公又患同样的疾病，一个房间两张床铺躺着两个全身瘫痪的病人，她每天送饭递茶，洗涤衣裤，不怕脏不怕累，整日忙忙碌碌，毫无怨言，精心护理了十多年，当人们称赞她孝心时，她总是含笑地回答："这是我们做下辈应该做的事。" 2010 年被镇评为"好媳妇"的光荣称号。

学子·能人榜

筋竹的孔氏后裔在明清年间就有过举人、贡生等学位。新中国成立后，在党的教育和培养下，孔氏人才辈出。

孔益林：谱名宪慧，曾任苏州军分区司令员，现任镇江军分区司令员。

孔伊法：谱名昭汇，原任中国水利部高级工程师。已退休。

孔昭勤：浙江大学教授。已退休。

孔玉其：谱名昭纳，中学高级教师，教务主任，民盟芙蓉支部一、二、三届委员。已退休。

孔久明：中学高级教师。已退休。

孔庆钟：连云港碱矿高级工程师。已退休。

孔作万：谱名繁意，历任中国电子仪器行业防静电装备技术委员会委员专家、广西塑料行业协会技术委员会主任、中国防静电国家级科技企业孵化单位金美科技园副主任。

孔庆仕：企业家。2007 年、2011 年当选为乐清市人大代表，建本地孔氏宗祠时捐资 27 万元。

孔国成：企业家。2012年、2016年、2021年连续当选乐清市人大代表。

孔喜宝：1999年至2020年，二十多年来连续担任筋竹村党支部书记、副书记等职务。2006年至2011年当选为乐清市党代表。2016年至2021年当选为乐清市人大代表。

孔宪塔：历任乡镇副书记、农工商社长、党委书记、人大主席等职务。已退休。并主持续修第十二届宗谱，负责重建宗祠。

孔宪肖：历任中学校长兼党支部书记，中学一级教师，1995年、1996年、1997年、2000年、2002年被评为区镇优秀党员和先进教育工作者，1992年被评为温州市级先进教育工作者，1999年获评乐清市第五届金穗奖。已退休。

孔庆贺：历任乐清市方江屿围垦指挥部会计职务。已退休。

孔宪者：历任小芙供销社主任、芙蓉供销社党支部书记。已退休。曾参与本地圆谱和修建宗祠。

撰稿人　孔子72代孙　宪肖

2023年8月27日

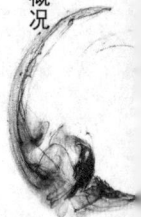

疑是蓬瀛日盉村悠
悠儒学足销魂渔帆
点点斜晖里簇簇新
柳绿映门

题玉環日盉村

路橋任戰白詩之

任战白

中国老年书画研究会会员

浙江省老年书画研究会会员

中华诗词学会会员

路桥区诗词楹联学会理事

路桥区老干部书画协会原副会长兼秘书长

水桶岙孔姓传记

水桶岙村原属樟岙、大沙湾，四面环山，濒临东海，东有狮子山，南有象鼻山，西有铁炉山，北有大洋山，群山连绵，溪水回环，构成了一幅山清水秀的天然图画。

水桶岙，原名"水动岙"。北宋年间，孔子第 50 代孙兆林由箬岙迁居于此，至今已有千年历史。现有孔氏后裔 124 户，人口 372 人。就在初迁第四年的农历八月十八日，玉环发生了海啸，新建不久的村庄毁于一旦，怎不叫人伤心欲绝。从死亡线上逃生的人们则转移到羊岩背高山，望着大海哀叹。而岙口的沙岗恰似一头俯卧在海边的沙龙，随着潮水的起落在蠕动，任凭海浪怎么汹涌，还是尽职地阻挡海浪的突袭。因此，人们将这个山岙起名为"水动岙"，这一叫就叫了一千多年。明洪武十四年（1381年），罕见的大暴雨淹没了整个村庄，山洪犹如一头呼啸奔突而来的巨龙，穿过鲳鱼潭旁的土堆山，窜入东海，给土堆山留下了一道水洞。随着时光的流逝"水动岙"淡出了人民的视线，被"水洞岙"的印迹所覆盖。

新中国成立后，当地老百姓讲究实在，家乡有那么多好的山泉，每天都要用水桶挑一担洞溪水井的水存放在自家的水缸里。不管平时怎么忙，天气怎么恶劣，一回到家，首先想到的是水桶，水洞岙也就在潜移默化中改称为"水桶岙"了。喝到清甜洞溪井水的人们赋诗如下：

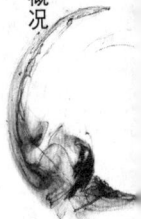

山坳古井洞溪圃，榴屿江南长寿村。

优质清纯甜饮水，旱情不涸救军民。

据史料记载，孔子第45代孙延集于五代后晋天福五年（940年），因闽王叛乱，从福建莆田漂洋过海随带孔子铜像来到温岭江绾，其子宗程迁居日岙，距今有一千多年历史。

晚清平阳训导吴承志援引《宋史·兵志》撰有"温州十三寨"：

建炎后寨兵，温州十三寨。城下、管界、馆头、青岙、梅岙、鹿西、蒲门、南监、东北、三尖、北监、小鹿、大荆十三寨。十三寨之中，玉环设有三个寨，即北监、小鹿、三尖。三尖寨为灵门港西南之笔架山。

《玉环厅志》云：

笔架山旧名殿后山，自山对山东折，北距化龙山二里许，层峦鼎峙，望之如天外三峰。山下多樟，为樟岙。笔架山三峰即三尖，殿后名出殿山，笔架更为俗目。旧名从质，自为三尖山，东临海，南连考功山，东北接司边山。

《志》云：

考功山左笔架山，南抵海里许有狮岩，势极峥嵘，旧有台寨址存。司边山平冈横列，状若长蛇，为桐林屏蔽。

水桶岙孔氏由此肇基，后子孙渐众，陆续分迁至温岭上岙、沙门都墩、芦浦道头、密溪安山、沙门白岭下、楚门小竹岗、小塘、干江垟坑、老傲前、楚门丁岙湾、马山拔渡阵、楚门山北、中山等地。

水桶岙长支大房后裔居本岙新屋和邢家，二支所属三、四、五房后裔移居隔溪坑一带。后裔星罗棋布还有一个重要原因：清道光年间遭遇火灾导致外迁。

　　水桶岙建有家庙五间，坐落今五圣庙前，房屋朝东北坐西南，供奉历代祖先，昭穆依次陈列，香灯值奉，族亲追远报本，清明节次外迁族亲前来祭祖。农业合作化期间挪作他用，后被拆除，至今未能重建。原有一套较完整的族谱，系民国年间所修，但因"文革"期间作为四旧被焚毁，从此祖源流失无从稽查。

　　1988年江绾修的水桶岙房谱，只有三、四代资料，祖先的名讳基本上都不知道，并且世系混乱不规范。借第五次世家谱续修之际，很想完善房谱，把祖先一代一代查清，世次相承，水桶岙单独整理成一本房谱，流传后世。特别是我与繁满和祥勇三人，在2008年3月间去温岭跟孔春才同志接触了解后得知，水桶岙谱系混乱，好多无法衔接，谱系面临失传的危险。再不将支脉理清，世次衔接将成千古遗憾，无法向子孙后代交代。与族中福才、申良、繁满、祥勇等人商议认为，房谱之完备迫在眉睫。这份尊祖敬宗之心，强烈责任之感，殷切期盼之望，幸有族中裔孙祥勇秉着宗族大义，认真负责的态度挑起完善房谱之善举。在无资料无经费的前提下，尽心尽力，不辞辛劳，不计较个人得失，经过两年多时间的努力，终于完成完善房谱这一工程。

　　今房谱告竣，脉系分明，世次相承，一目了然，观谱者一观便知其所源。此乃千秋大业，功德无量，彪炳宗志。房谱百世流传，子孙称颂。

　　延集支日岙祖及五代内情况如下：

46代	47代	48代	49代	50代	51代	52代
宗程	若振	端山 端云 端仍 端水 端玄	因是乐清宁海祖，他们自己所修的谱没有送到曲阜载入全国《孔子世家谱》，所以其后代在《孔子世家谱》上无法反映。			
		端成	受福	兆科	文祥	万极
				兆甲	文魁	万显
				兆林	（迁水桶岙）	
			受禄	（迁乐清大芙蓉筋竹村）		

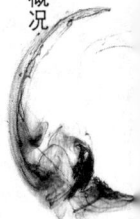

宗支概况

延集支水桶岙祖及五代内情况：

50 代	51 代	52 代	53 代	54 代	55 代
兆林	文雅	万启	遇贵	思晦	克韬
			遇周	思明	克略

清光绪年间，孔继根（男，1821 年出生，卒年不详），带头捐款集资修建洞溪桥，两岸相通，惠及乡邻，水桶岙从此告别了只能靠石碇过溪的年代，结束了发洪水无法过岸的历史。

道德模范——孔宪德（1929 年—1998 年）

孔宪德于 1950 年 1 月参加民兵，1951 年 7 月担任水桶岙村农会主任，并于 1952 年 6 月入党。1952 年 10 月担任桐林分销社营业员。1954 年 11 月至 1957 年 6 月任桐林乡分销社副主任。1957 年 7 月至 1960 年 4 月任干江供销社主任。1960 年 5 月参加玉环县党校学习。1964 年 1 月 14 日，当选为楚门供销社理事。1964 年 3 月参加浙江省供销社第二届二次代表会议，并写下誓言："今天，我有幸之中来到杭州，作为玉环的代表，与全省 60 多个县市区的代表一起，欢聚一堂，在杭城参加全省供销代表大会，这是我人生最大的荣誉。会议期间听取了省委领导和省供销社主任的动员报告，大家信心百倍，干劲十足。会议结束后，还与省委领导和各部门领导以及与会代表合影留念，我的心情格外的激动，真是心潮澎湃，热血沸腾，高兴得久久不能平静。我要时刻牢记，这是组织对我的信任和广大人民群众对我的重托，至此，我要立下革命志，忠心耿耿为人民。"1969 年 11 月调任县斗批改干校搞建校工作兼任干校出纳。同年 11 月下旬调县清理阶级队伍外调工作。1970 年 4 月调任县革委会打办工作。1972 年 2 月调任县社管理事务工作。1978 年 9 月调任楚门区龙岩分销社主任。1986 年至 1989 年任密溪分销社主任。退休后继续为党为人民作贡献，于 1992 年至 1998 年担任水桶岙村党支部委员，在干部、群众中享有崇高的威望和极高的口碑，直到生命的最后一刻。

年少好读　勤俭简朴　诚信待人　乐于好助
为国经商　忠于职守　兢兢业业　克己奉公
发挥余热　公正廉洁　多善公益　惠于乡邻
德高望重　仁声四闻　公祭忠魂　以表铭记

——摘自水桶岙《孔氏宗谱》

洞川硕彦——孔繁满（1946 年—2019 年）

中共党员，曾任玉环县桐丽公社党委书记，楚门镇党委书记，楚门区委委员、副区长，中共陈屿区委副书记、陈屿区区长，县粮食局局长等职。孔繁满以工作务实、办事干练、善谋果断、刚正不阿的风格闻于玉环政界。1988 年 3 月，孔繁满担任陈屿区区长时，在全县三级干部大会上首次提出在陈屿打隧道，博得了与会同志的一致好评。当陈屿人听到孔繁满仙逝的噩耗时，纷纷向他家人发来唁电唁函，用鹧鸪天词牌，沉痛悼念孔繁满老区长仙逝并赋词："隧道穿通陈屿天，一生为党乐山川。两行泪水悲伤起，十里长街痛哭潸。生绝症，别无还，瑶台一去到黄泉。依然笑貌宽容乐，美德留存知识渊。"

睿智豁达　公正廉恕
处世精练　热心乡邻
善解疑难　众所推服

海航模范——孔繁亿

孔繁亿，男，1947 年 12 月出生于水桶岙，1962 年 7 月桐丽高小毕业，因家庭困难，无法再升学，小小年纪就跟温岭箬横晋岙里朱师傅学篾匠，一干就是三年。当时，正值青年的孔繁亿，听说逃到台湾的蒋介石一直叫嚣反攻大陆，常派小股特务，在浙江沿海的玉环披山、温岭三蒜、椒江大

陈等岛屿偷袭搞破坏，他怀着保家卫国之心，于 1965 年 12 月，毅然报名参军。

可是到了部队，孔繁亿被分配在炊事班。当初，社会上流传着一句俗话："当兵不当伙头军。"认为当炊事员没出息，低人一等，所以谁都不愿意干这项工作。孔繁亿同样也有抵触情绪，后来通过首长的教育和战友们的帮助，使他懂得干一行要爱一行，无论哪一行工作，都是为人民服务，从此树立起一心一意为人民服务的思想。他不怕苦，不怕累，以身作则，积极工作，不挑剔，不怕脏，很快从战士提为副班长、班长。他带领炊事班，同心协力，打开了工作新局面，赢得了领导和战友的一致好评。他们班，从落后班变成了先进班、标兵班，他本人也年年被评为优秀士兵、积极分子，多次出席东海航空兵先进事迹宣讲团，介绍自己的先进事迹。

1966 年 11 月，宁波市江北白沙粮库失火，浓烟滚滚。孔繁亿所在的部队官兵，奉命奔赴火场。熊熊大火烧红了半边天，随时都会吞没扑火的官兵，孔繁亿心中想着国家的财产、人民的生命，把自己的生死置之度外，他冲在最前面，哪里有危险就冲到哪里，在浓烟里，火海中，抱出被困人员，他和战友们一起奋不顾身的扑救，终于将大火扑灭，使粮库内的 20 多万斤粮食免遭损失，人民生命也安然无恙。由于孔繁亿勇敢、果断，有忘我牺牲的精神，在这次事件中，他受到了上级的嘉奖。1969 年下半年我在读初中时，正巧哥哥孔繁亿在宁波海字 640 部队当兵，突如其来从北京寄来了一封信，打开一看是哥哥要在北京受训三个月，列入海军方队，受训结束后参加中华人民共和国成立二十周年国庆观礼，要见毛主席、周总理等党和国家领导人，这样大的喜事必须从一件小事讲起，而小事就是上述两件典型事迹。

1969 年国庆节，部队党委研究决定，孔繁亿同志参加中华人民共和国成立二十周年国庆观礼，荣幸地得到了毛主席的亲切接见。1969 年 10 月 1 日 10 时整，繁亿坐在观礼台前排中间，离毛主席不到三米远的地方，亲眼见到毛主席、周总理等党和国家领导人。这是他人生最大的幸福和奋进的无穷动力。

退伍后，孔繁亿回家乡务农，继续为人民做贡献。他将参加国庆观礼的亲身经历与弟弟分享，并共同写下两首诗词：

《鹧鸪天·水桶岙的荣耀》：

水桶辉煌秀丽村，岙中卫国有功臣。海航模范群英会，国庆京都观礼宾。
毛主席，爱兵民，英模将士志强军。青春贡献国家业，代代弘扬传子孙。

《渔家傲·参加国庆观礼受到毛主席接见》：

毛主席非凡胆魄，笑容焕发才华溢，挥手雄姿神采奕，欢呼急，官兵
呐喊高兴极。

大救星功臣赫赫，光辉伟业人民继。四海颂歌扬恩泽，丰硕册，江山
如画千秋日。

1970 年 2 月，孔繁亿自愿报名参加长广煤矿夺煤大会战，是玉环 138
名公民参加长广煤矿采煤队伍的一员。由于在煤矿工作出色，表现突出，
经组织推荐、考察，当选为长广煤矿东风岕矿党委委员（副处级），并兼
任东风岕矿机关党支部书记。次年 2 月当选中共嘉兴地区党代表，同年 12
月当选中共长广煤矿党代表。1976 年 12 月调回玉环，先后任玉环县广播
电视服务公司副经理、经理等职。他在任内开创性的引进了电视机，玉环
从此迎来了电视时代。1987 年 2 月调任中共玉环县环城乡党委副书记、乡
人大主席团常务主席。任职期间始终心系百姓，为贫困户脱贫致富做了众
多卓有成效的工作，赢得了乡亲们的一致好评。后来在玉环县民政局工作
期间，他始终坚持深入基层，访贫问苦，为贫困户协调沟通，排难解忧，
直至退休，深受群众赞扬。

其子，孔祥军，1971 年 11 月出生，大学本科学历，中共党员，曾任
玉环市市场监管局楚门分局局长，现任玉环市市场监管局党委委员、综合
行政执法队常务副队长。媳毛素红，1973 年 6 月出生，大学本科学历，中
共党员，现就职于玉环市市府办公室，是党组成员，并派驻第二纪检监察
组组长。孙女孔臻，1998 年 1 月出生，中共党员，大学本科学历，现就职
于中国农业银行玉环市支行国际部。

政界儒士——孔繁都

孔繁都，1953 年 10 月出生于沙门水桶岙，大学本科学历，曾任小学民办教师，密溪"五七"中学、沙门中学语文教师，清港公社文书，清港镇副镇长，中共披山乡党委书记，玉环县老龄委（主持工作）常务副主任（正科），玉环市卫生健康局主任科员退休。

现为中华诗词学会会员、中国楹联学会会员、中国硬笔书法家协会会员、浙江省诗词与楹联学会会员、浙江省辞赋学会会员、台州市书法家协会会员、玉环市老年书画研究会副会长兼秘书长、玉环诗词楹联学会原理事。

诗词作品在全国百余家诗刊中发表，有三百余件诗词、楹联、散曲、文章、书法等作品在全国以及省级征联中发表并获奖，同时作品散见于《中华诗词》《诗刊》《诗词百家》《香港诗词》《千家诗会》《浙江诗联》《浙江诗联选粹》《浙江当代诗词选》《两浙百家三万联》《九州散曲》《中华散曲家》《继扬曲苑》等。有三千多首（副）诗联作品在全国各级诗刊和本市诗词楹联季度刊上发表。2020 年 12 月和 2023 年 12 月荣获玉环市第五届、第六届文化发展"金榴奖"，受到玉环市委宣传部表彰。2021 年 11 月被玉环市委宣传部、玉环市教育局授予"百姓学习之星"荣誉称号。还被评为 2021 年度、2022 年度玉环市卫生健康系统优秀共产党员。

著有《象鼻滴水》（书法集）、《象鼻微澜》（诗文集）等。

他一家是书法之家，女儿孔祥颖（小名孔颖）6 岁书法获奖，儿子孔祥杰（小名孔杰）在小学、中学、中专曾多次荣获书法第一名。1999 年 7 月兄妹俩参加浙江省硬笔书法大赛，均荣获一、二等奖，双双被浙江省硬笔书法家协会吸收为会员。儿子孔祥杰 2001 年 12 月应征入伍，在南京白水桥 73096 部队当兵，因表现突出，于 2003 年 9 月考入北京防化指挥工程学院，2006 年 7 月本科毕业。2013 年 12 月转业地方，分配在清港镇人民政府工作，后调玉环市供销合作社任科长。其长孙孔令钱（小名晨骅）2013 年 5 月 23 日出生，在坎门中心小学读书。2021 年参加机器人大赛浙江省选拔赛（宁波站）好奇乐高荣获二等奖。在 2022 学年第一学期表现突出，被评为校优秀学生干部，受到玉环坎门中心小学表彰。2023 年 10 月，他的国画作品《禁毒校园行》手抄报作品在坎门中学小学作品评比中荣获一等奖。次孙孔令杭（小名景弘）2016 年 7 月 14 日出生，在环山小学读书，曾获三好学生荣誉。

师德育人——孔琴飞

孔琴飞，女，1966 年 4 月出生，1989 年浙江师范大学毕业。从走出校门至今三十年一直坚守在教育教学第一线，凭借着精湛的教学水平和出色的教学成绩，获得了社会和学生的高度赞扬。2017 年当选为浙江省人大代表。她曾获浙江省优秀教师、浙江省三八红旗手、台州市名教师、浙江省教育科研先进个人、浙江省名师培养对象、全国优质课评比二等奖、省优质课一等奖、玉环市第一届和第二届名师工作室领衔人、全国化学教学优秀工作者、台州市"实干论英雄"称号、台州市首届教科研新秀、台州市新课程培训讲师，多次获全国化学竞赛园丁奖。

三十多年的教育生涯，三十多年的艰苦探索，孔琴飞没有一天停止过对教育的探索，不断从经验与感悟走向理性与科学。她一直扎根在高中化学教育的最前沿，忠诚党的教育事业，身体力行，始终不渝，以高尚的师德修养、精湛的育人艺术和无私奉献的精神，树立了忠诚于教育事业的优秀的人民教师形象。

水桶岙大队、村任职人员名单如下：

姓名	任职时间	职务	备注
孔宪德	1951 年 7 月—1952 年 10 月	农会主任	
孔庆侬	1952 年 11 月—1984 年 3 月	农会主任、大队长	
孔吾希	1984 年 3 月—1989 年 10 月	大队党支部副书记、大队长	
孔吾希	1987 年 11 月—1992 年 11 月	村党支部书记、村委会主任	
孔福才	2011 年 2 月—2013 年 10 月	村党支部书记	
孔友明	2011 年 3 月—2013 年 11 月	村委会主任	

宗支概况

续表

姓名	任职时间	职务	备注
孔祥勇	2013 年 11 月—2020 年 11 月	村党支部书记	玉环市第十五届党代会代表
	2020 年 11 月至今	村党支部书记、村委会主任	
孔慧贵	2017 年 4 月—2020 年 11 月	村委会主任	
孔庆贵	2017 年 4 月—2020 年 11 月	村党支部委员	玉环市第十六届、第十七届人大代表
	2020 年 11 月至今	村党支部副书记	

孔氏水桶岙兆林系外迁:

世代	姓名	迁居地	家世
63 代	贞吕 贞干 贞统	迁上岙	父闻岳 长兄贞年
64 代	尚幔 尚裴	迁都墩	父贞雷 弟尚干
65 代	衍纬	迁芦岙	父尚远 兄衍通 衍显
67 代	毓饶	迁密溪安山	父兴贤 兄毓赋
68 代	传全	迁白岭下	父毓魁 兄传彦
68 代	传忠	迁小竹岗	父毓栏 弟传增(无传)
68 代	传寒	迁小塘	父毓友 兄传焰
68 代	传光	迁干江垟坑老鳌前	父毓恩 弟传文(无传)
68 代	传德	迁丁岙湾(马山)	父毓宪 兄传顺(不详)
69 代	继赵	迁楚门山北	父传贤 弟继发
69 代	继业	迁楚门山北	父传福 弟继进(无传)
70 代	广虎	迁楚门中山	父继统
74 代	繁都	迁玉环玉城东岙里	父庆魁
74 代	繁青	迁楚门山北村	父庆旺
75 代	祥军	迁玉环城关	父繁亿
75 代	祥敏	迁楚门山北	父繁满
75 代	祥刚	迁杭州市滨江区长河街道	父繁喜

撰稿人 孔子 74 代孙 繁都 75 代孙 祥勇

2023 年 8 月 27 日

飛雲江畔水流東塘二撬雙橋馬聖宮大士觀

香迎日月天尊門炉香金風中華宏偉人

煙旺景色清幽宏便灣道協玄門名可海尖山

赫三喜長空

步韵施世錄會長趙琰六尖山萬聖宮為祝賀孔子后裔在玉環

一雲出版特書之榴島東嶼里癸卯仲夏朝暉齋孔繁都書

孔繁都

中华诗词学会会员

中国楹联学会会员

中国硬笔书法家协会会员

浙江省诗词与楹联学会会员

浙江省辞赋学会会员

台州市书法家协会会员

玉环市老年书画研究会副会长兼秘书长

沙门都墩孔氏

放眼远眺，那茫茫的东海无边无垠。一轮红日喷薄而出，霞光万道，火红的朝霞与湛蓝的海水相照辉映，波光粼粼，金星闪耀。一座座岛屿是一颗颗璀璨的明珠，熠熠生辉。狮子岩、猫儿屿、老鼠屿首尾相衔奔向海岸，它们要去分享美食。果然，远远看见前头一个硕大的白面馒头（馒头屿）耸立着，热气腾腾，香飘四溢，真是喜出望外，于是就尽情地享用起这美美的大餐，饱餐后它们惊奇地发现不远处有一个村庄，炊烟袅袅，鸡犬相闻，这就是都墩村。

根据村中老人口口相传，都墩也叫"多墩"，它地处交通要道，上至黄岩、温岭，下至鸡山、干江、玉环等来往客商都要经过都墩。都墩的东西两方向（都灯岭头、山岙岭）各建造一个土墩，土墩上放有很多干柴，如遇险情放火为号，前承岙环大平且，后传田岙岭头，为过往客商和沿途村庄传递警报。它是烽火台的雏形。由于年代久远，"多墩"是"土墩"的谐音呢，还是一村有两个土墩因土墩多而得名，已失考究。至于"多墩"与"都墩"中的"多""都"两字混用，可能是读音相近。

都墩村面向东海，北靠大冈山，左挽牢平山（金龙山），右揽银虎山，青山苍翠，草木葱茏，三山相连将它拥在怀中，犹如一张大圈椅她稳稳地坐在椅子上。一条柔长的溪水在村中缓缓流过，将村庄自然分成溪南和溪北，水流潺潺，碧绿清澈，游鱼碎石历历可见。"溪山长抱桐林地，堂构遥承梅鹤图"，这是溪北林家财主台门上的对联，横批是"因时集庆"，可见此地非同一般。一只巨大的雄狮威武地盘坐在东海之滨（五门狮子岩），年复一年忠实地守卫都墩的门户。它头朝大海，尾向都墩，张开金盆大口，饮水东海，变海水为宝贝，源源不断地往都墩送来。民间说："喝喝东海水，屎拉都墩里。"是赞扬它对都墩的厚爱。

根据《孔氏房谱》记载，孔子第 64 代孙尚幔由水桶吞迁居都墩，尚幔生三子，即 65 代衍宰、衍富、衍贵，他们在都墩繁衍生息，传至今日已是第 78 代了，共有 62 户，262 人。

孔子后裔生活在都墩，恪守祖训，敦品修身，和睦亲族，处事待人以和为安，牢记先圣孔子的殷殷教诲，养成了读书耕织、勤劳俭朴、诚实厚道等优秀品质，无愧于孔子的后裔。

70 代孔广教（1836 年—1887 年），字昌，都墩村人，清朝武秀才，人称大力士。

孔广教生于乱世，那时盗贼猖獗，为自保求生存，世人崇尚武学，既可强身健体，也为防盗匪入侵，于是应运而生了许许多多的武术人才，孔广教就是其中的一员。

孔广教七八岁时，父亲陈敬看他浓眉大眼，臂粗膀宽，体格强健，眉宇之间透有一股英气，是个学武的好苗子，就领他拜师学武。孔广教好学善思，刻苦勤奋，20 岁就考中了武秀才，有了功名，他声名鹊起，十里八乡的青年人都来拜他为师，习武学艺。他在悉心传授武术的同时，还成立了护乡平安团，使盗匪不敢侧目，保护了一方的平安。孔广教一生从事武术研究，心胸豁达，性格豪放，桃李满天下，是一位武术名家。

71 代孔昭恭（1863 年—1914 年），字孟金，人称桂生老爷，清朝秀才、名医。

孔昭恭生于名门，父孔广教，武秀才，他从小受中华文化的熏陶，天资聪慧，记忆力超群，幼时读诗书，脱口能吟诵，年十二即能为文，览遍史籍，诗词书画都有很高的造诣。十五、十八岁两度考中秀才，成人后他弃文从医，潜身研究中华医学，三十二岁中医学校毕业后，回到家乡，行

医乡里，悬壶济世，造福桑梓。因他医学精湛，培养了好多有出息的中医人才，玉环中医第二墩头冯春生就是他的门生。

他一生从医，潜心研究中医医学，救死扶伤，医德医风高尚，有口皆碑。他仁慈厚道，恭和谦卑，把"积善立家、勤俭兴家、孝雅治家、诗书传家"作为家训，严谨治家，家风祥和。其孙孔宪松，小名梅春，1905年出生，他为人正直，追求真理，助人为乐。他最要好的同学有国民党军队林贤庆团长和共产党队伍上的胡德文（上海编辑社主任）。五四运动爆发后，孔梅春没有继续上大学，而去天津、上海等地，在上海参加学生游行，宣传抵制日货进入中国。这十年时间耗尽家中所有财产（一百多亩土地）。1929年，孔梅春回到家乡，与都墩村大地主林南祥作长期的斗争。二五减租期间，孔梅春带领贫困农民到林南祥家进行面对面的斗争。二五减租运动失败后，孔梅春被国民党自卫队追捕，同干家岙小和尚两兄弟一起为保全自身安全，孔梅春投身到同学林贤庆军营生活三年，1949年因病去世，享年44岁。

曾孙孔庆文，小名锦新，于1984年至1988年止连任都墩村两届村委会主任。玄孙孔繁林，小名士灵，于2013年至2020年连任两届都墩村村民委员会主任。父子两人都为都墩村做了大量卓有成效的工作，被人们传为佳话。

73代孔庆喜，名小青，1951年2月参加工作，1956年8月加入中国共产党，曾任玉环县教育局局长、文化局局长。1992年从玉环县人大教科文卫工作委员会主任的岗位上退休后，接着又被玉环县老年大学聘任。在老年大学将要聘任时，有厂商用高薪聘请他。令人意想不到的是他没有选择"高薪"，而是选择了老年大学。有人曾问："你怎么不到高工资的企业去呢？"他却爽朗地笑道："子女都成家立业，凭我一个人的退休工资和我老婆是够吃用了嘛！我当过教师，去老年大学帮忙较合适，晚年能为党再出点力，这是我的心愿。"小青是这样想的，也是这样做的。其长子孔云能现在玉环市公安局交警大队工作，任副大队长，已退休。次子孔繁能在解放塘农场工作，职工退休。

74代孔繁文，1961年10月出生于都墩村，1981年就读于温岭师范，1985年就读于台州师专汉语言文学专业，2004年至2006年，结业于上海师范大学"课程与教学论"专业研究生课程，小学高级教师，中共党员，初级中学语文教师，曾担任沙门中学副校长，清港中心小学副校长、工会主席、党支部副书记，沙门镇中心小学校长等职务。曾当选沙门镇人大代表、清港人大代表，荣获玉环县教育系统教育先进工作者、县教育工会先进工作者、县关心下一代先进工作者等荣誉称号，是沙门镇乡贤。

74代孔繁宏，1986年11月应征入伍，服役于武警江苏省总队徐州支队，毕业于夏县武警专科学校，在部队晋升为正连级上尉，转业后在楚门镇人民政府工作，然后任鸡山乡、干江镇、楚门镇党委委员、武装部长。

75代孔祥红，毕业于哈尔滨理工大学，是哈尔滨理工大学的优秀毕业生。2004年至2020年，在世界著名企业华为技术有限公司工作，曾任该公司开发工程师、系统工程师，应用技术部长助理，西部非洲IT服务部长，集成服务交付解决方案部长，人力资源业务应用部长，华为IT云部长等职。

76代孔令巧，名永法，毕业于浙江工业大学电气技术专业，东北财经大学金融学专业，曾任台州银行楚门支行客户经理，浙江泰隆银行楚门支行部门总经理、行长，浙江泰隆商业银行路桥卖芝桥支行行长等职务，现任绍兴银行台州临海杜桥小微企业专营支行行长。

76代孔令华，名海华，1984年8月出生于都墩村，中共党员，浙江省杭州彪鑫建设有限公司总经理，年缴纳国家税收达一千多万元。

自古以来就有"天不生仲尼，万古如长夜"的说法，这也说明了孔子这位儒家宗师在中国传统文化中举足轻重的地位，故此崇尚孔学，传播孔子文化，在中国乃至世界都是十分流行的。

十多年前纪念孔子诞辰2555周年联谊会在沙门举行，由都墩村孔子后裔承办，联谊会举办得十分成功，得到了来自全国各地三百多名孔子后裔们的一致好评。

为了办好联谊会，都墩孔氏孔希德、孔大法、孔士灵、孔祥许、孔会法、孔炳文、孔繁谷、孔繁文等精心筹备了近两个月时间，资金筹集、会场布置、发动宣传、接待服务、后勤工作、人员安排等工作都完成得十分周全。

那天，风和日丽，沙门镇的大街小巷贴满了纪念孔子的标语口号，大会堂前彩旗飘飘，鲜花绚烂，鼓号齐鸣，一派节日的喜庆气氛，8点30分

来自全国各地的专家教授知名人士等孔子后裔三百多人，在鲜花、鼓乐的簇拥下步入会场，连同沙门的孔氏后裔，整个大会堂座无虚席，会场气氛庄严隆重，会上沙门镇政府领导人做了重要讲话，廿多篇孔学论文进行了交流，浙大教授孔大中做了典型的发言，他把孔子文化对国人传统思想所产生的巨大影响做了深刻阐述，深入浅出，生动形象，会场时时爆发出雷鸣般的掌声，会议取得了圆满成功。这次联谊会，因准备充分、安排合理、服务周到，会长孔春才作了高度评价。他要把此次联谊会的会议内容、会议流程、后勤服务等，作为联谊会的版本加以推广。此次联谊会将尊孔、学孔的活动推向了新的高潮，对于弘扬儒家思想产生了积极的影响。

都墩大队、村任职人员名单如下：

姓名	任职时间	职务	备注
孔大法	1980 年—1981 年	村支部书记	
孔锦新	1984 年—1988 年	连任村委会主任	
孔文荣	1998 年—2003 年	连任村委会主任	
孔士灵	2013 年—2020 年	连任村委会主任	
孔秀华	2020 年至今	村党支部书记兼村委会主任	

孔氏都墩尚幔系外迁：

世代	姓名	迁居地址
68 代	传兆	迁安人
73 代	庆赞	迁楚门蒲田
73 代	庆玲	迁温岭浦洞

"闲云潭影日悠悠，物换星移几度秋。"几千载来孔子思想文化、儒家学说绽放着耀眼的光芒，让孔子后裔们倍感荣光与自豪。

撰稿人　孔子 74 代孙　繁文（文贵）繁琴（士灵）

2023 年 8 月 27 日

陈淡云

台州市美术家协会会员

玉环市美术家协会会员

玉环市老年书画研究会名誉会长

沙门镇白岭下孔氏

古人云：父母之年，不可不知。善继人之志，善述人之事。祖先之事，略知一二。

祖上68代孔传金于大清嘉庆年间，自水桶岙迁徙至白岭下后山（现李云初老房左侧）安居，创基立业三间茅房，耕耘为业，勤俭持家，艰苦度日。

69代孔继就名显鉴，孔传金之子。自幼学道为业，以德为人，以道立身，是白岭下道家创始人。在大清咸丰六年（1856年），本岙新建岱石庙留有芳名。建宅于本村八字头里安居，生二子名广成、广庆，二男随父学道，农耕持家。

71代孔昭旭名孟燮，生于大清咸丰三年（1853年），授道于父孔广成，为人行善好施，收徒传道，名扬邑外。花甲之年，江西龙虎山天师府，注册登记送来道教执照，弘扬道教传统文化。建房于本岙下台门，生三子，名宪印、宪绶、宪封。长、次承道之德，行善济民，宪封继儒之教，传文育人。民国三年（1914）羽化登仙，享年62岁。

72代孔宪封在民国九年（1920年）间因土匪掠劫绅豪林某某，焚尽下台门祖房数间，于是宪封居宿温岭营田岳父之家，有男庆资、庆贯及后嗣建房定居营田。

73代孔庆贺，民国十二年（1923年）间，因疾青年而夭，其妻冯氏身带遗腹，父家安居，所生一子，孔繁喜名双喜，守女之德，持家育儿，其后裔安居墩头。

73代孔庆贤，孔宪印之子，生于光绪二十九年（1903年）。自幼随父学道，号曰茅三，精通道教科义，名扬乡外。"文革"期间，破除四旧，祖传天师府道教执照而失，1986年羽化登仙，享年84岁。其后嗣承祖之业，修身传道。

73代孔庆则名孝永，孔宪绥之子，生于民国四年（1915年），自幼聪颖好学，童年丧失父母，与弟孔庆财相依苦度。由田岙姑母引荐，拜田岙私塾桂迪为师，于是，孔庆则精通古籍四书五经，16岁训蒙于瑶坑学堂，20岁任乡里文书。本村三月初三庙会做戏，温州新同福班演出，温台二地观众称为大姆旦的男旦艺人高玉卿，问地方首事，戏台对联何人所撰，如此好墨字句，很少见得。首事而言，吾地小青年孔庆则所写。因此得到艺人高玉卿的好评。

孔庆则的学生路上黄菊初言道："民国二十八年（1939年）间，因乡外所言，十六都（民国沙门号十六都）无有文学人才。"孔庆则闻得此言，赴温州参加文学评比，其文学得到温州府尹秘书的赞赏。同年发来通知，出任温州府秘书之职。因患突发性吐血之疾病，难赴温州工作，因医治抢救无效，于民国二十九年（1940年）早逝，年26岁，生男孔大中姐弟三人。其作品在"文革"期间已焚毁，至今仅留有一本悼亡祭文。

74代孔繁棋名孔大中，孔庆则长子，生于民国二十五年（1936年），因四岁丧父，由叔父孔庆财带养全家。受父之文学熏陶，自幼聪明好读，听叔训言。八岁送至瑶坑学堂读书，13岁读于温岭泽国丹崖中学，因家庭薄弱由叔卖田供读。时逢1949年温岭解放，在炮声惊吓之中坚持读书。1952年中学毕业，分配省公安厅秘书工作。三年之后，保送浙江农业大学，毕业留校工作，与同学张本悦（民主党民国杭州府官员之女）相恋，因阶级斗争之原因，农大领导言，你与张氏相恋，前途有碍，于是同张氏分手。因张氏家族之关系，1962年间，孔大中下放到桐丽盐场任会计，后被公社书记章学明之邀协助公社文书工作，其所写报告，得到玉环县长卜

宪祚的好评。1964 年，张氏多次来函，大中拒不回复，被叔父悉知受训，由叔父代言替大中书写回信，其后由叔父送大中至杭州与张氏复婚。1971 年间，大中回校任浙江农大萧山农场书记、农大图书馆长、农大招生办主任。在招收知识青年期间，得到王震部长（后任国家副主席）器重，同年叫大中出任秘书，因下放之原因，于是大中叫奉化王某同学接任。其后本人任浙农大蚕桑系党总支书记，农大党委常委直至退休，其妻张氏副教授退休。家族及乡邻右舍来杭办事医病等事，他都热忱接待帮忙办理，于 2023 年 3 月在杭病故，享年 87 岁，其子孔祥军在杭定居。

74 代孔繁福，名根喜，孔庆贯之子，生于 1965 年。高中期间，参军入伍在舟山部队服役，期间军校毕业，去过俄罗斯进修学习，以营级转业地方工作，现任温岭市建设局副局长。

从 68 代"传"字辈居白岭下以来，现 74 代"繁"辈为长老，今有 77 代"德"字承后，族内 23 户 102 人，本水共源，同树连枝，螽斯衍庆，瓜瓞绵绵，祖传二百余载，道教职业，传统文化，代代相承。从茅屋到现在楼房别墅，以农耕至今天创业经商，桃李芬芳，人才辈出，以善为本，以道立身，此乃丕振家声，荣宗耀祖，由是记写族内此事，以表后裔观知矣。

撰稿人　孔子 74 代孙　繁赏（兴友）

2023 年 8 月 27 日

楚门镇马山拔渡阵孔氏传记

春秋至圣,万世师表孔子孔圣人的家族,绵延至今,按族谱计算,已传承八十余代,后嗣遍及世界各地,其中有一支就在玉环楚门镇。

孔氏第 68 代传德于清朝嘉庆年间从沙门水桶岙迁徙至丁岙湾定居,若干年后又迁至马山拔渡阵。69 代继洪,70 代广法,71 代昭根,因昭根中年早逝,只剩下孔丁氏一人,孔丁氏带着四个儿子,长子孔宪贵,次子孔宪荣,三子孔宪华,四子孔宪宝,并在马山拔渡阵安家落户。

孔丁氏由于中年丧偶,四个儿子年龄尚小,孔丁氏独自承担所有的农活家务,白天去农田干活,晚上回来又要操持家务,劈柴担水,洗衣做饭,舂米磨粉,到年底给四个小孩纳鞋做衣。每逢小孩生病,没钱看病买药,只能自己上山采药,煎药并照料生病的小孩,每日起早摸黑,夜间睡觉时间很少,生活的艰辛和痛苦一言难尽。孔丁氏耗尽心力艰难地将四个儿子养大成人,后三个儿子成人后要成家娶妻,没有房子,又辛苦地造了三间茅棚,总算给各自成家的三个儿子有个落脚之处。小儿当时单身且外出服兵役,服完兵役回来后在中央河分得一间地主屋,后房屋拆迁,于马山山脚另造新房,自成家业。四个儿子成家后日子逐渐起色有所好转之时,孔丁氏却由于意外断了一只脚,只能借助凳子行走,仅依靠儿子们给米给柴度日,活到七十多岁后离世,一生艰辛清贫却坚强养育了这一支孔氏血脉。

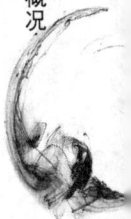

72 代长子孔宪贵生了四个小孩，二子二女，长子庆夫，二子庆球，大女银花，二女银莲。孔庆夫有三个小孩，大儿繁满，二女双燕，小儿繁仁。大儿繁满有一女，小儿繁仁也有一女。

二子孔宪荣有四个儿子，长子庆贵，二子庆连，三子庆才，四子庆长。孔庆贵有一女名丽华，孔庆连有二子，大儿繁灵，小儿繁聪。孔庆才有四子，大儿繁友，二儿繁红，三儿繁明，小儿繁兵。繁友有二子，繁红一女，繁明一子，繁兵一子。三子孔宪华育有二子一女，长子庆友，二子庆芳，女儿金领。长子孔庆友有二孩，一男一女，男繁根，女敏玲。儿繁根有两孩，子祥懿，女祥羽。敏玲也有一男一女，男加齐，女雨娴。四子孔宪宝有四子二女，长子庆寿，二子庆青，三子庆夫，四子庆莲。庆寿育有二孩，一男一女，庆青二子，庆夫一子，庆莲二子。

此支孔氏后裔自祖上 68 代迁居至今，开枝散叶已至 75 代，现有 15 户，52 人。代代秉承孔氏家风，恪守家训，虽无高官贵人，但也踏踏实实平平凡凡，为孔氏家庭的兴盛添砖加瓦。

撰稿人　孔子 74 代孙　繁根

2023 年 8 月 27 日

楚门镇山北孔氏传记

相传孔子后裔68代孙传贤，在清朝嘉庆六年（1802年）的某日，在楚门三、八市日到楚门上市，闻听楚门有漩门湾畔、东桥水月、离峰红照、南浦渔舟、浦口观潮、高阁文房、西崖滴翠、北渚环流、中街鱼市、丫髻山突兀撑天等景点。

据史书记载，早在清代，丫髻山就以它那丰厚的人文积淀和壮美山光水色名闻遐迩。其顶端的"离峰红照"，向为人所重，位列"楚门八景"之首。

经上市人介绍，丫髻山风光秀丽，美不胜收。孔传贤就马不停蹄上丫髻山体验生活，回家途中经小竹岗岭头、应家、余家三保之间，到水桶岙已经是晚上8时左右了，当晚就向弟弟传福转达了今游楚门八景风光，然后又向其儿子继赵、继发转告，并说向楚门移居的好处等。虽然他本人的愿望并未实现，但无巧不成书，几年后他的两个儿子和两个侄子实现了他搬迁楚门的愿望。

69代继赵从沙门水桶岙徙迁楚门山北定居。弟继发无子，由儿子广金兼祧，如今一共22户68人。

一、孔繁满（松宝），1942年参加地下党组织工作。解放初期，曾任楚门镇第一任镇长。后调县良种场、城关镇、古顺、普青、陈屿粮管所、县粮食局贸易公司任职等。1986年离休，享受县副处级待遇。

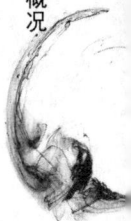

宗支概况

二、孔祥梅，1950 年 8 月参加工作。1959 年 3 月至 1960 年 9 月任中共外塘管理区书记。1960 年 9 月至 1961 年 9 月任中共楚门人民公社副书记。1961 年 10 月至 1969 年 5 月任芳杜公社党委书记，1972 年 2 月任县公安局党委副书记、县公安局政委，1985 年 4 月至 1986 年 7 月任县司法局第一任局长，1986 年 8 月任县委政法委（主持工作）副书记。1992 年退休。

三、孔祥德，1955 年参加工作，曾任楚门镇武装部部长、披山公社文书、玉环县委组织部部委成员、县人事局（主持工作）副局长、县民政局（主持工作）副局长、县委组织部副科级组织员，退休。

四、孔祥寿，曾在地方国营玉环县食品罐头厂任书记兼厂长。妻陈秋菊，曾任楚门玻璃纤维厂副厂长，县人大代表。其子孔令琪，小名孔坚，生于 1965 年 11 月，玉环国税局办公室主任、税政科长、征管科长，机构改革后任国家税务总局玉城税务所所长，媳张素燕任玉环县（市）财政局副局长、玉环市国资委主任。

五、孔祥国，男，1968 年出生，1990 年 8 月参加工作，中共党员，大学本科学历，高级工程师。现住台州市椒江区西锦御园小区。2001 年 5 月，任台州玉环海事处副处长。2005 年 12 月，任台州三门海事处处长。2007 年 12 月，任台州温岭海事处处长。2010 年 12 月，任温州乐清湾海事处处长（副县处级）。2015 年 5 月，任台州海事局党委委员兼椒江海事处处长。2016 年 5 月，任台州海事局副局长兼党委委员。2020 年 6 月，任浙江海事局通航处处长。2021 年 6 月，现任台州海事局政委（正县处级）。

应宗亲迫切要求，将谱系重修编排整理，但碍于能力有限，仅作此特殊安排，以稿代谱。

撰稿人　孔子 75 代孙　祥森

2023 年 8 月 27 日

孔姓家族应家分支传记

　　应家孔姓家族第一代传人孔继昌（孔子69代孙）宗亲系沙门镇日岙村孔传国之子。孔传国是渔民船老大，在一次出海捕鱼时遭遇大风大浪，有一船员不慎掉进大海中，他毫不犹豫跳下大海营救落水船员，由于风浪太大，不但营救没有成功，反而双双不幸溺亡。家中留下遗孀和襁褓中的幼子，由于受生活所迫，于公元1915年随母亲迁居到三对这个地方。当时这一带有应家、余家、筠岭，统称三对。1949年新中国成立后，随着社会的变革，行政区域逐步调整，三对划属密溪乡后，改名应家村至今。后撤乡扩镇时，应家村抓住机遇，划归楚门镇所属应家行政村。2000年，在上级党委和政府的关怀和大力支持下，向楚门镇东门村购入土地，应家村实行高山移民，经过三年的共同努力，全村人民移居到楚门镇朝阳小区，过上安居乐业的幸福生活。

　　应家村孔姓家族一代传人孔继昌在幼年随母亲入籍三对应姓家庭为继子，从此长大成人，成家立业。由于为人淳朴、心地善良、勤劳好学、乐于助人，与应姓大家族融为一体，在当地有一定的威望，左邻右舍有事没事都乐意找他聊天、谈心、商量和寻求帮助，受到村民们的尊敬。

　　孔家从此家庭发达，人丁兴旺，全家人遵纪守法，刻苦好学，事业有成。孔家第二代有兄弟四个：长子广龙（常用名林通）、二子广凤（曾用名礼广）、三子广仁、幼子广礼（常用名礼贵），姐妹三个：梅云、梅花、

梅莲。大哥林通一家 12 人，四世同堂，生活美满幸福。二哥广凤当了一辈子教师，退休后担任村会计 20 年。广仁儿子已成办厂小老板。小弟礼贵担任应家村村主任 10 年，后又任村支部副书记 9 年，在担任村主任期间，正逢行政村区域调整和高山移民工作关键时期，调动自己的一切力量和工作热情，为应家村的各项工作做出了应尽的力量和贡献，受到全村人民的称赞。

现在家族共 37 人，大学本科毕业 6 人，任中小学教师的有 5 人，公务人员 2 人，办厂小老板 3 人，就读于玉环中学的有 2 人。下一代年轻人勤奋好学，朝气蓬勃，事业蒸蒸日上，欣欣向荣，一定能够创造更美好的未来。

撰稿人　孔子 70 代孙　广凤

2023 年 8 月 27 日

玉环市日呑村庆贺唱和集

纪念孔子诞生2574周年

首 唱

咏日岙村
朱汝略（杭州）

晓日曈曈跃海东，蒸腾蜃气化长虹。
礁花岸草招弦月，岳色滩声诉古风。
道德文章千世业，春秋人物一方雄。
新时代幸圣贤族，筑梦小康奔大同。

朱汝略，1952年生，晚号大石蟾山人，浙江临海人。中国楹联学会理事，浙江省辞赋学会常务副会长、浙江省时代诗词研究院副院长、浙江省诗词与楹联学会常务理事、楹联研究会副会长。少年学诗习联，著有《昆仑颂》《浙东军事芜史》《台州星座》《王太初徐霞客诗笺注》，点校浙江文丛《王士性集》及台州文献《广志绎》，主编有《浙江诗联选粹》《浙赋选编》。

和　唱

一、步　韵

步汝略兄《咏日岙村》

郭星明（杭州）

一轮红日海之东，古早烟村气若虹。
抬望门前山乐水，回看劫后雨悲风。
鲁邦圣德播馨远，浙地名贤乘势雄。
论语煌煌廿篇在，知新温故睦和同。

步韵朱兄《咏日岙村》

严立青（杭州）

骄迓艳阳临岙东，山明水秀炫霞虹。
禾香沃野茸茸灿，人沐岚薰细细风。
文脉千秋看接续，征帆四海逞豪雄。
超车弯道勇兼巧，挽袖加油一例同。

步韵朱汝略先生《咏日岙村》

楼晓峰（遂昌）

惯看红霞拂晓东，多情雨后拱晴虹。
青山毓秀台州府，绿海扬波鹿岛风。
壮烈戎行群勇士，峥嵘战阵小英雄。
躬逢胜事文骚咏，秉笔欣然赋景同。

步朱汝略先生《咏日岙村》

高玉梅（临海）

桃源隐在浙之东，日岙葱茏嵌玉虹。
文旦花开增野色，葡萄香透借秋风。
晴耕雨读洵如古，牧海弄潮尤最雄。
独贵乡间君子耻，康庄共赴众心同。

步朱汝略先生《咏日岙村》东韵

孔繁都（玉环）

一

港口之滨岸线东，葱茏一片现霓虹。
桐林高照金秋月，日岙弘扬儒学风。
藏阁宗祠千载业，孔家铜像半尊雄。
慧心湾畔涛声起，共富乡村处处同。

二

齐鲁门庭延浙东，半尊铜像气如虹。

窗悬江上诗情月，潮送滩头渔汛风。

辈出英才留本色，中兴大业比豪雄。

千年宏愿争朝夕，抛汗神州搏大同。

步朱汝略先生《咏日岙村》
朱　健（临海）

恍入桃园西复东，穿花扶草瀑如虹。

拍岩海水渔翁信，傍岸乡村国士风。

世事后昆遵唯德，祖先遗泽得其雄。

家家耕读兴无尽，一幅欢康画里同。

咏日岙村步朱汝略先生韵
任战白（路桥）

名闻斯村傍海东，康庄阔步气如虹。

入心孔学仁和地，扑面书香礼乐风。

勇立潮头齐逐梦，岂甘人后敢争雄。

新容新貌时时见，去岁今年又不同。

步韵朱汝略先生《咏日岙村》
陈其良（瑞安）

水环榴屿日升东，喷薄朝朝起彩虹。

祖衍宗支弘望族，孙承奕世蹈仁风。

为师为表千秋仰，成凤成龙一郡雄。

骏业康庄中国梦，图强振绪众心同。

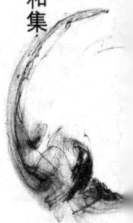

步韵奉和朱汝略兄《咏日岙村》

李　丹（松阳）

孔氏安居大海东，玉环日岙育长虹。
晨吟雅句闲思月，夜饮琼浆醉舞风。
四面波光探典籍，九天淑景颂豪雄。
迎眸尽是春消息，经纬从心国梦同。

步朱汝略先生《咏日岙村》东韵

徐洪发（杭州市富阳区）

一

红日炎炎跃海东，徐徐升起气如虹。
龙腾盛世凌空势，虎啸尧天浩荡风。
万代文明圆好梦，千秋民族尽英雄。
山村新变农家乐，携手康庄奔大同。

二

曙色温馨心向东，春阳送暖闪霓虹。
青山鹤舞柳莺曲，彩蝶蜂鸣潮汐风。
富裕乡村仙境美，脱贫农户豪杰雄。
尧天朗朗蓬莱景，盛世中华处处同。

咏日岙村步朱汝略先生韵

姚金宝（玉环）

宗盟祖脉望山东，千载文光一道虹。
磊落岛礁排闼浪，蜿蜒沙岸快哉风。
乐于和合心如拙，好彼诗书气亦雄。
儒学堂中听子曰，清香弥漫古今同。

步朱导师《咏日岙村》东韵

陈义平（玉环）

一

日岙朝阳照浙东，人间胜地锁飞虹。
三山海气新年露，四面潮声旧俗风。
卵石滩边群访古，孔丘堂上独称雄。
诗经雅族诗门兴，榴岛多情笑语同。

二

远朋游访浙西东，德道有邻生彩虹。
只见沙门尊礼法，由来日岙树儒风。
江南江北尽清雅，潮去潮回自逞雄。
文化乡村诗作颂，抒情言志与君同。

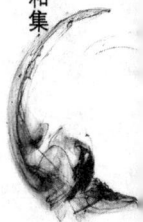

敬步朱汝略先生诗韵《咏日岙村》

徐中美（黄岩）

晓日腾云海作东，渔乡筑梦每飞虹。
黑沙滩上承儒教，玉岭山前斗浪风。
先进功高驰誉足，后生德茂竞材雄。
扬帆恰遇好时代，共富新程勇协同。

步朱老师七律原韵奉和

梦游日岙村

姚海宁（临海）

瀛洲寻梦海之东，天打岩前挂彩虹。
榴岛浑然仙子岛，乡风别样浙南风。
朝霞抹处渔舟疾，旭日升时鲸浪雄。
待到中秋明月夜，沙滩闲步与君同。

敬步朱汝略吟长《咏日岙村》

许青才（温岭）

初日一轮浮海东，波光曙气化长虹。
依山敢摘天边月，枕海高歌改革风。
尚德崇文壮村色，治愚扶智赖贤雄。
鹏鹍再展凌云翼，共富并肩奔大同。

步和朱汝略先生《咏日岙村》

吴久籁（泰顺）

阵阵滩声日耀东，岙盈紫气贯成虹。
浪花奔放扬新韵，秋梦圆成唱大风。
集美画图鸥鹭乐，振兴村野国家雄。
玉环金绕诗潮涌，光景无边赋共同。

咏日岙村奉和朱汝略会长

孔春才（温岭）

温岭分支矗立东，宗程世脉贯长虹。
习文常用家乡水，执笔传承孝道风。
后代勤劳成伟业，前贤甘愿续新功。
环城召唤高歌奏，佩玉轻盈奉大同。

步韵朱汝略先生《吟日岙村》

方君旺（温州）

犁雪扬帆海岸东，凭栏遥看蜃成虹。
小桥溪水动明镜，礼乐文章起阆风。
散叶耕耘千载业，望云诗赞一魁雄。
传赓圣祖吟经典，仁爱修身奔大同。

步朱汝略先生《咏日岙村》韵

金华君（温岭）

一

步伐铿锵总向东，兴来豁达上长虹。

海怀丘壑读论语，浪涌神舟揽雅风。

深水区中小心去，旁边营内大兵雄。

青山谅必高龄矣，怎胜儒家更不同。

二

水族商量奔向东，穿云过岭绕长虹。

儒家筑舍靠山稳，日岙观涛纳海风。

改革由来多故事，畅通之际少蛮雄。

文章晔晔消尘气，羡慕天涯奔大同。

步朱汝略先生《咏日岙村》

许良照（平阳）

玉带飘扬浙海东，环缭日岙似长虹。

沙门滩印千秋月，鹿岛山招四面风。

创业兴邦能作主，改天换地敢称雄。

梦圆当代阳光暖，华夏今朝呈大同。

步汝略先生《咏日岙村》东韵

孔庆军（温岭）

击水三礁日岙东，台山壕堑似长虹。

大沙小砾墨鱼坦，乌石黑金骚雅风。

渔牧农耕千伟业，读经尊祖百英雄。

楼高路阔今新貌，欢乐康庄大道同。

擎水三礁日岙東
臺山壕塹似長虹
大沙小礫罩魚坦
烏石黑金鰲雅風
漁牧農耕千偉業
談經尊祖百英雄
樓高路闊今新貌
歡樂康莊大道同

孔度軍先生步汝昭先生咏日岙鄉七律詩一首 玉環陳力田書于壬寅夏

陈力田
台州市书法家协会会员
玉环市书法家协会会员
玉环市老年书画研究会副会长

咏日岙村步朱汝略先生诗原韵

谢巍琦 （杭州）

耕读传家闻海东，孔门后裔气如虹。
潮声昼夜亲礁石，红日晨昏吻谷风。
花木扶疏水泥硬，渔村富裕礼堂雄。
每逢华诞先师祭，儒学如灯照大同！

步韵朱汝略先生诗《咏日岙村》

魏淑娟 （甘肃）

礁滩海岛面朝东，聚拢祥云汇彩虹。
自古儒家兴此地，如今孝道孕和风。
知书敬老新村美，修德亲邻正气雄。
谨记先贤传祖训，承前启后梦相同。

步韵和朱汝略《咏日岙村》

赵华京 （杭州）

红旗耀日举村东，众志成城气贯虹。
海阔鱼肥千里岙，天空土沃四方风。
讴歌孔孟仁心壮，诗赋春秋盛世雄。
百尺竿头思进取，小康之梦与时同。

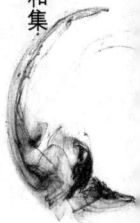

步汝略先生《咏日岙村》原韵

王修翔（临海）

晨光初露海之东，旭日腾挪拥彩虹。
礁石浪花连彼岸，渔歌号角励长风。
常存正气人心奋，永继清廉国力雄。
梦筑富康吾辈事，一旗呼唤八方同。

步韵朱先生《咏日岙村》

项目清（青田）

日岙文明耀浙东，琴笙雅韵闪青虹。
慈怜道德儒家骨，仁爱精神孔子风。
整洁村容声气壮，拓宽路面胆心雄。
抚今忆昔情无限，喜赋千门赴大同。

咏日岙村步朱汝略先生韵

赵建德（临海）

霞光拂过小村东，垂柳依依伴玉虹。
碧水常随陶令地，青山惯识仲尼风。
传家有道人长乐，牧海无忧气自雄。
黑石滩头留客梦，一轮明月古今同。

步韵朱汝略先生《咏日岙村》
高 玲（杭州）

赤色晨曦映海东，崇峦雨润靓新虹。
清泉畅饮人长寿，香火轻燃地惠风。
犹仰千年文脉壮，更欣百代武功雄。
向荣阔步儒家裔，富裕齐肩享共同。

步朱汝略先生《咏日岙村》
方河南（淳安）

日岙村民心向东，玉环紫气袅霓虹。
鲜花夹岸迎新纪，曙色临滩拂惠风。
史著华章千古壮，人游胜地百年雄。
今圆美梦惊寰宇，富贵均衡享共同。

步韵朱老汝略先生《咏日岙村》
郑东荣（杭州）

一

晨曦穿雾掠村东，紫气升腾化彩虹。
海浪生花飞水岸，涛声悦耳沐薰风。
文人墨客开情咏，当代乡贤济世雄。
独领诗骚余韵渺，闾阎致富盼通同。

二

旭日初升乐向东，旷观海上满霞虹。

浪花拍岸扶青柳，砾石成滩阻疾风。

汇集诗篇文逸雅，引来梓里壮心雄。

凤凰浴火兴家业，绮梦生财矢志同。

步韵朱汝略先生《咏日岙村》

李友平（椒江）

日出涛头潮自东，胸怀远志贯长虹。

峰波浪谷托明月，浅岸滩涂拂柳风。

古训铭心修伟业，新贤励德育英雄。

礁花讴诵遍宗族，富裕乡村圆梦同。

步韵朱汝略先生《咏日岙村》东韵

葛　杰（临平）

日岙村名誉浙东，观光农业灿霓虹。

村衢成荫亮生态，硕果挂枝弘惠风。

展馆华章传后代，台州滩曲颂英雄。

干群合力铸新梦，续孔弘今奔大同。

步朱汝略先生《咏日岙村》

陆纪生（绍兴）

日岙山村领浙东，云霞七彩现霓虹。

枫红竹绿歌双色，地熟人勤唱大风。

快马兼程追国梦，承先启后学英雄，

齐心协力家园建，万众谋来幸福同。

步朱汝略先生《咏日岙村》东韵

杜　钺（泰顺）

日岙朝阳紫气东，玉环揽海势如虹。
蓝图绘伴青山月，云路征留绿水风。
孔圣箴规涵事业，中华美德育英雄。
腾飞看我骧龙族，谱写辉煌矢志同。

步朱汝略先生韵《咏日岙村》

郑杨松（文成）

一

涛声岸草水长东，满眼腾飞起彩虹。
岳色遥遥呈霸气，礁花闪闪聚天风。
富村不负春秋业，强镇频传人物雄。
近海楼台风景异，小康梦里笑声同。

二

朱老题诗壮海东，宏图大展势如虹。
扶摇古调描金韵，滚动新潮唱大风。
致富途中争霸业，脱贫路上出豪雄。
孔翁倘使生今日，一曲升平天下同。

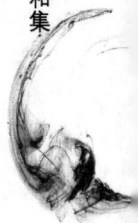

步朱汝略先生《咏日岙村》

叶龙生（江苏）

璀璨明珠嵌浙东，天光楼影映丹红。

玉环斧琢诗书画，日岙镰挥颂雅风。

民族和谐齐发棹，中华特色独称雄。

桂香菊艳秋阳灿，济世兴邦唱大同。

咏日岙村步朱汝略先生韵

林向荣（温岭）

沛雨初晴日出东，创新业态势如虹。

青松岭上观沧海，黑石滩头唱大风。

一姓绵延家国史，六经造就古今雄。

望云堂主言犹在，童叟联吟声气同。

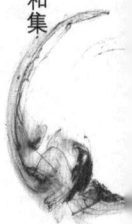

鹅情连艸溶溶生上有鸳鸯

溶溶鸳鸯春渐暖何晚来

鱼醒渡头人舟自横

韦应物诗 壬寅年秋 应光刘□

应光刘

浙江省书法家协会会员

仙居县老年书画研究会会长

步朱汝略老师《咏日岙村》东韵

陈步党（苍南）

一水西流出海东，三山环抱映霞虹。
岚烟曼妙牵溪月，原野清新挽海风。
耕读传家千古训，牧渔造福一方雄。
沙滩海浪飞鸥鹭，景仰先儒建大同！

步朱汝略先生《咏日岙村》原韵

赵秋鸿（黄岩）

胜似桃源偎海东，儒家雨露助飞虹。
峰峦竞秀盈金果，渊带捞银斗恶风。
文化礼仪传后嗣，兴村保国逐豪雄。
群芳吐翠琼楼耸，造福乡民携手同。

步韵朱汝略先生《咏日岙村》

聂朋群（宁夏）

运际醒逢顾望东，涛声千载赏长虹。
儒乡肯咏煌煌曲，孔教依然历历风。
壮阔波澜弘景远，从容岁月每称雄。
归真抱朴文章善，印证初心驭术同。

步朱汝略先生原韵《咏日岙村》

陈国友（金华）

初阳明煦照村东，紫气升腾架彩虹。
海上金涛空碧色，山间玉岙满桃风。
孔门自古千年圣，贤嗣堪称今日雄。
信是仁心多尽善，文章道德与人同。

奉和朱汝略先生《咏日岙村》原韵

周臣朱（青田）

万缕霞光耀海东，地铺金甲架长虹。
村居富丽凝香露，家族堂皇沐雨风。
日岙传承宗祖业，孔门积善圣贤雄。
慧心湾畔龙腾起，引领乡亲奔大同。

步朱汝略先生《咏日岙村》

吴军明（玉环）

小村深隐大洋东，日映祥云比彩虹。
论语青灯传孝道，春秋皓月续儒风。
半尊铜像千年脉，一世贤名百代雄。
筑梦潮头争共富，孔堂金石古今同。

玉环市日岙村庆贺唱和集

步韵朱汝略先生《咏日岙村》

陈传芳（玉环）

千年祭孔浙之东，一部经文晔彩虹。
铜像留传镇宗庙，裔孙行止显儒风。
沙门日岙声名远，海韵山光气象雄。
参谒登临多感慨，中情未解与谁同。

步朱汝略先生《咏日岙村》韵

戴玉才（玉环）

旭日徐徐起浙东，光芒万丈贯长虹。
红枫翠柳迎骚客，桂雨浮云仗劲风。
儒学诗经千载业，圣人论语独家雄。
承前启后山村秀，九域三江颂大同。

步韵奉和朱汝略导师《咏日岙村》

盛孝都（玉环）

桃源仙景竟迁东，碧海青山挂彩虹。
寸草寸心承瑞露，轻舟轻浪醉春风。
耕渔工贸宏图展，仁义经纶儒学雄。
大道阳关奔共富，世家礼乐古今同。

步韵朱汝略先生《咏日岙村》

陈显福（玉环）

一脉文华缘浙东，千年地气接长虹。
戍边踊跃精忠志，处世平和邹鲁风。
梦筑家园推海远，旗扛时代劈波雄。
中兴路上相期许，不息初心唱大同。

步韵朱汝略先生《咏日岙村》东韵

黄德藏（玉环）

烈日炎炎照海东，后沙岸线气如虹。
白天嬉戏观鹅石，月夜涛声读古风。
万代诗经传理义，千秋论语比豪雄。
渔村美丽公民享，共富家园一样同。

步朱汝略先生《咏日岙村》韵

戴世法（临海）

海浪滔滔逐向东，玉环日岙挂长虹。
布仁尚德名今世，握发迎宾继古风。
家国情怀生铁骨，中华民族出英雄。
喜观圣哲孙孙辈，享受安康处处同。

步韵朱汝略先生《咏日岙村》东韵

叶 倩（温州）

碧海蓝天日跃东，长滩礁石耀霓虹。
宽平大道迎松月，清澈方池闻桂风。
生态旅游今创业，乡贤荟萃古称雄。
文明秀丽开宏景，致富和谐愿共同。

步韵朱汝略先生《咏日岙村》东韵

赵家海（温岭）

欲出曦光浙水东，海塘新筑势长虹。
奇峰奇在功夫雨，佳树佳于造化风。
村野宜居贤士隐，都城留恋贾商雄。
文明社会还开放，日岙名声时不同。

步朱汝略《咏日岙村》东韵

黄海燕（临平）

云蒸霞蔚日升东，莺啭山乡气吐虹。
大道衔花吟桂月，良田舞穗笑春风。
龙腾四野擎旗火，鹏展九霄圆梦雄。
碧落琼华滨海秀，竞夸五化口碑同。

步朱汝略先生《咏日岙村》东韵

赵方传（余杭）

一众诗家咏浙东，名区胜景蜃霓虹。
运思巧匠挥晶汗，裁句琼林蔚蕙风。
意向往之临海曲，身无羡者骋心雄。
儒风洋溢诗情好，古韵漫弹歌大同。

步朱汝略《咏日岙村》东韵

熊美容（杭州）

虬绕龙蟠料海东，峰峦秀丽靓飞虹。
解疑论语知难处，稽古典谟培雅风。
学问舌耕成至圣，经书探索冠豪雄。
礼堂儒学翻新页，共富千舟向大同。

步朱汝略《咏日岙村》东韵

刘喜成（上海）

一

日照春秋立海东，人文灿烂耀长虹。
岙林松笔擎红帜，渔港潮声引绿风。
村史宏章千载誉，乡情浓意万歌雄。
美乎圣德夸先祖，编织红霞绘大同。

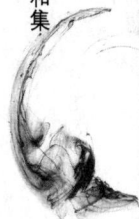

二

生态循环亮海东，农耕焕彩化长虹。
八方岸柳摇春韵，十里瑶琴颂好风。
吸引脱贫成典籍，讴歌致富作英雄。
新村日岙怀先圣，仰孔尊贤赋大同。

三

绿色新村立海东，红旗举处扯长虹。
繁花似锦招诗客，群燕如潮引瑞风。
富了文章谁点赞，忆之孔圣我称雄。
神奇日岙齐天乐，出彩鸿图汇大同。

步朱汝略先生《咏日岙村》原玉韵

吴玉昌（余杭）

日岙晨曦万羽东，霞光阵雨映垂虹。
文章贵有乡愁气，少彦都为国士风。
长岛丹轮升蔚海，鲲鹏远志化豪雄。
桃红柳绿嘉禾地，四季温馨福祉同。

步朱汝略先生《咏日岙村》

俞祥松（余杭）

春江水急总流东，美丽乡村架彩虹。
夏木单招三伏雨，秋花独享五更风。
文章冠世才称绝，武术扬名气正雄。
日岙今将长卷展，齐心着墨万人同。

步朱汝略先生《咏日岙村》
应新华（余杭）

明珠遗落九州东，日岙声名气贯虹。
一水西流萦古道，三山拱秀沐清风。
渔农立本千秋业，耕读传家万世雄。
五化迎来村靓丽，小康复兴梦相同。

步朱汝略先生《咏日岙村》
胡惠民（临平）

绿水青山日岙东，霞云尽染一江虹。
梅香桂雨年华好，麟瑞麒祥鼍铄风。
欲采春声增岁月，常怀绮梦是英雄。
殷丰吴越烟波起，襟抱生涯大道同。

步朱汝略先生《咏日岙村》
山越夫（富阳）

我盼群贤到海东，新村风物势如虹。
繁华景象寻名迹，隐逸山川采古风。
夫子后人留绩著，诸儒遗爱起威雄。
世间知晓光辉事，引客前来响不同。

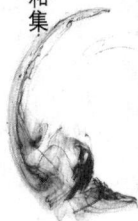

步朱汝略先生《咏日㞗村》

仰健雄（临平）

日㞗渔村驻海东，朝迎朗旭晚携虹。

银滩爱戏千层浪，碧树欣摇几缕风。

道是宗祠文化好，行看孔氏子孙雄。

早闻海角君疑问，睹目方惊味不同。

步朱汝略先生《咏日㞗村》

陈国明（临平）

天造玉环遗浙东，罗星揽月贯长虹。

龙宫鲛室今民宅，歌板吟声先圣风。

枕畔波轻梦悠远，眼前雨急气豪雄。

登高极目望台岛，四海车书何日同。

步朱汝略师韵题玉环日㞗村

康永恒（河北）

海涛声彻碧峤东，时见滩头挂彩虹。

邻有龙君敷惠雨，地多箸竹曳春风。

齐家诗礼绳绳继，报国儿郎赳赳雄。

裕后光前看振起，希贤承圣道攸同。

步朱汝略先生《咏日岙村》
陆 虹（临平）

阳光盛满秀溪东，远眺他乡气贯虹。
鲸不烦翻腾海水，鹭非嫌倦怠滩风。
金黄稻浪丰收景，翠绿山峰迤逦雄。
美妙笛箫添口哨，情歌舞步掌声同。

步朱汝略吟长《咏日岙村》韵
魏建伟（余杭）

朝阳似火照江东，日岙空中映彩虹。
艳艳繁花歌燕舞，依依杨柳唱渔风。
山珍海味光阴好，别墅洋房轿椅雄。
大浪金滩旅游旺，作诗绘画意相同。

步朱汝略先生《咏日岙村》
宋佐民（临平）

大圜清丽日升东，岙秘峰奇架彩虹。
主迓嘉朋开盛宴，宾临胜境沐馨风。
房新路畅山河秀，笔落诗成气象雄。
琢句联珠追骥尾，云山遥隔两心同。

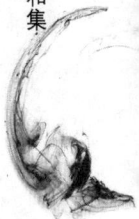

步朱汝略先生《咏日昋村》
陈国伟（临平）

未莅名村在浙东，诗篇和咏气如虹。
传闻毕竟千思绪，亲历终归万趣风。
国防前沿云正疾，圣贤后代势尤雄。
心之向往海天阔，大路康庄意志同。

步韵朱汝略先生《咏日昋村》
翁启辉（乐清）

渌渌金乌冒海东，辉辉皎皎势凌虹。
潮花雪浪招江月，卵石滩声醉浪风。
日昋沙门千载郁，孔丘文庙一方雄，
新时代里民心向，农户渔村筑梦同。

步韵朱汝略先生《咏日昋村》
夏克明（文成）

日出海涛光耀东，云蒸霞蔚满天虹。
翠山竹韵丹青画，芳草松声造化风。
静好春秋兴事业，勤劳寒暑称英雄。
腾飞福地时今遇，万户安康富贵同。

步韵朱汝略先生《咏日岙村》

王振江（大连）

一个小村名浙东，犹如旭日吐长虹。

饱经岭上古今月，广纳天南地北风。

肯向世间添紫翠，敢于都市论雌雄。

众人划桨千帆舞，胜事高歌唱大同。

咏日岙村（步韵）

李小明（临海）

旭日融融照海东，漫滩紫气贯长虹。

涛声拍岸惊明月，礁色带云和夏风。

弘德崇文民仰圣，尊师重道地生雄。

镇村勾勒千秋业，圆梦蓝图宗旨同。

港口之滨岸线东蒙茏
一片坝宽虹桐林高照金秋
月日垦村弘扬儒学风藏阁宗祠千载业孔家铜像
半尊雄慧心湾畔涛声起吾富乡村庶庆同

汕韵朱汝眠先生咏日垦村壬寅秋月孔繁都并书

步韵朱汝略先生《咏日岙村》

叶春明（温州）

曦晓曜灵河岸东，百般渐盛气生虹。
石滩溪水潺潺韵，峦嶂禅音袅袅风。
仁义文明千载业，圣贤厚德万方雄。
碧波旖旎仙村美，幸福安康筑梦同。

步朱汝略先生《咏日岙村》

詹秉轮（余杭）

日岙同窗乐作东，沙滩惊艳伴长虹。
黑沙滩上金光闪，碧海堤边学子风。
品得渔家鲜色味，相知学友创新雄。
拾来贝壳存思念，手足情长日月同。

步韵奉和朱汝略先生《咏日岙村》

胡振武（杭州）

晨光万丈尽朝东，清水小桥连彩虹。
大海青山翻碧浪，村头孔后漾儒风。
读书明理前程阔，共富安康气魄雄。
生活纷呈新面貌，复兴一梦九州同。

步朱汝略先生《咏日岙村》

陈远法（乐清）

璀璨明珠耀海东，光辉夺目灿如虹。
坡塘三月桃花雨，礁岸九秋芦雪风。
北徙南迁存一脉，尊儒崇孔赞诸雄。
欣逢盛世渔村美，共创繁荣奔大同。

步韵朱汝略先生《咏日岙村》

赵　澍（乐清）

碧波荡漾日升东，海曙腾骧化彩虹。
百岛朝阳谋共富，千帆破浪借长风。
人崇孔学文章秀，德继先贤意气雄。
家国兴隆歌盛世，尧天壮丽九州同。

步韵朱汝略先生《咏日岙村》

陈宗明（温岭）

晨旭露球升海东，霞光映照炫长虹。
山门渡越弯勾月，岛屿涛惊拍岸风。
履践春秋千古业，芳华岁月万人雄。
弦歌不辍缵缨族，共谱富康驰大同。

步朱汝略先生《咏日岙村》

陈开强（乐清）

美丽乡村耀浙东，繁华胜景灿如虹。
小桥流水桃源境，多彩霞光柳岸风。
儒脉涓涓存道德，琼章页页赞豪雄。
文明孔学永留世，众力齐心创大同。

步朱汝略先生《咏日岙村》东韵

徐仁广（临平）

愿得潮来我道东，日观此地势如虹。
岙民各接龙门客，村干谁听枕席风？
兴利开源忙致富，旺人盛业力争雄。
发心打造新佳景，达变之秋众不同。

步朱汝略先生《咏日岙村》东韵

姜桂芳（临平）

日岙古村藏浙东，声名贯耳势如虹。
人人皆重尊师礼，户户尚存敬祖风。
家庙祠中崇武将，乡贤馆内竞文雄。
金声木铎今犹在，耕读传家世世同。

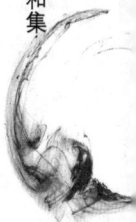

奉和《咏日岙村》原韵

蔡华明（福建）

红日一轮起海东，万千气象势如虹。
云山雾霾难遮月，柳笛杨花竞逐风。
先哲传经兴伟业，后人希圣效英雄。
和谐共建吾民族，奋发昂扬向大同。

步朱汝略老师《咏日岙村》东韵

沈洪顺（临平）

今世天光倾向东，海云日射画金虹。
红波掀起中华色，黑雾卷飞欧美风。
孔孟圣知明路景，义仁大道造英雄。
全球辉照爱民政，人富家和万国同。

步朱汝略老师《咏日岙村》东韵

周文斌（玉环）

一道阳光日照东，后沙卵石似长虹。
莺啼婉丽增情趣，潮涌涛声悦耳风。
藏阁佳文吟朗颂，乡村画卷觅诗雄。
千年孔裔书香第，到此神游确不同。

步朱汝略先生《咏日岙村》

潘友福（余杭）

吞天海树日腾东，雨霁云霞架彩虹。
玉笛萧萧仙子月，滩声浩浩殿龙风。
民间道德千秋业，英杰红花万世雄。
贤圣传承名望族，梦圆共富户家同。

步韵朱汝略先生《咏日岙村》

江肖晓（温岭）

晴霞灼灼碧山东，飞挂潮声入画虹。
窈窕连云鸥鹭起，芙蓉踏浪蟹鱼逢。
百家诸子千秋业，十大英模万古雄。
岙立海旁儒学族，梦圆共富九州同。

咏日岙村步韵朱汝略先生

陈玲静（温岭）

日出朝霞耀海东，凌波飞立吐长虹。
青山松立西风劲，雪浪帆扬礁石风。
百舸争流渔业旺，千家致富孔贤雄。
人欢鸟笑村如画，建起朱楼红火同。

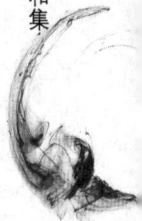

马亚兵

中国美术家协会会员

玉环市美术家协会会长

步朱汝略先生《咏日岙村》

潘书文（陕西）

傲然浙地立于东，灿烂明星气贯虹。
路面格高宽敞洁，村容靓丽饱馨风。
宜人生态规划美，和睦家庭致富雄。
道德文章传久远，共迎廿大向心同。

步朱汝略先生《咏日岙村》韵

李友法（临平）

冉冉晨阳升浙东，娇娇日岙贯长虹。
低垂稻穗招人爱，高矗楼宇起壮风。
下海捕鱼船库满，上山植树谷坡雄。
勤劳致富山河改，共奔小康志向同。

步韵朱汝略先生《咏日岙村》

翁海云（泰顺）

小院侨家馆作东，农耕牧海架飞虹。
漩门庄稼满园圃，奇观贝雕广采风。
一脉乡愁桥绘景，六经研读德称雄。
正能量族喜迎接，廿大长征理想同。

步韵朱汝略先生《咏日岙村》

王国新（山西）

千条河水汇流东，雨罢云轻见彩虹。

拍岸浪花邀朗月，飘香丹桂送芳风。

沙滩浴海阳光美，日岙英才业绩雄。

时代大潮汹涌起，小康圆梦九州同。

步韵朱汝略《咏日岙村》东韵

梁华德（黄岩）

诗咏沙门响海东，苍穹喜悦挂长虹。

圣人府里骚坛地，孔子宗祠道德风。

路阔灯明民建业，参军保国是英雄。

知书达理儒家族，文化创新一样同。

步朱汝略先生《咏日岙村》东韵

宗学煜（杭州）

日照青山岸线东，宗亲后裔贯长虹。

开篇礼仪传合璧，执笔文章读古风。

藏阁袈裟昌盛世，孔丘铜像地天雄。

村庄纯朴包容广，富裕家庭享共同。

步朱汝略先生《咏日岙村》东韵
高佳平（富阳）

激荡波涛大海东，云蒸霞蔚气如虹。
沧桑巨变莺啼柳，岁月从流浪助风。
欣愿征程甜美景，蓝图奋翅俊豪雄。
江山如画尽尧舜，圆梦中华奔大同。

步朱汝略先生《咏日岙村》
陈理清（余杭）

旭日晶晶丹出东，古村大地化长虹。
春潮滚滚征涛起，碳果盈盈趁惠风。
续圣崇经千古事，赓唐继宋一方雄。
中华锦绣人勤奋，祖国富强幸福同。

步朱汝略先生《咏日岙村》
林义清（苍南）

晓色霞光映海东，洪流澎湃舞飞虹。
归舟满载三洋蟹，挥锄勤耕四季风。
一代春秋光后世，列朝弟子拜儒雄。
复兴梦筑康庄路，锦绣家园处处同。

奉和朱汝略先生《咏日岙村》

林华秀（龙港）

岙口丹霞映水红，滩头卵石巧玲珑。
樵夫酬唱晨曦里，渔妇梳妆晓月中。
达理知书尊孔子，扬帆出海访仙翁。
祥云蜃景腾腾起，大道康庄处处通。

步韵朱汝略先生《咏日岙村》

戴茂利（路桥）

帆出海滨齐向东，渔村佳气胜飞虹。
滩前晨照沙门日，岭上暮吹榴岛风。
带蜜含香仙果熟，怀贤颂德礼堂雄。
等来大国春潮起，一族新航逐梦同。

步朱汝略先生《咏日岙村》

王葆青（湖北）

枕浪仙峰绿翠东，瑞逢天际灿霓虹。
君迁茂德蕃和美，迹驻深山蔚好风。
日照清廉思孔姓，身先劫难出英雄。
至今泽惠金沙地，四合兜财志乐同。

二、依　韵

依韵朱汝略先生《咏日岙村》
周　进（杭州）

玉环曾到未寻孔，今日方知日岙嵩。

海上晨曦先表白，潮头霞气早描红。

桃花引蝶比新果，鸥鸟争鸣赛少宫。

最是能传书院在，小村护国有雄风。

依韵奉和朱汝略先生《咏日岙村》
朱超范（杭州）

高瞻莫说势凌空，旭日初升大海东。

几阅沧桑千里月，更期蛟蜃一帆风。

登楼把酒情须放，渡海题诗句未工。

不尽横流朝复暮，云槎欸乃去瀛蓬。

依朱汝略先生东韵《咏日岙村》
王一平（温州）

玉屿形环入远空，柴门翠掩白云东。

孔丘后裔谁能识，道德文章自不同。

万古书声传义理，千秋论语寓儒风。

网红打卡何方去，醉美乡村映雪鸿。

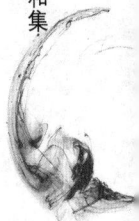

依朱导师《咏日昋村》东韵

陈义平（玉环）

玉环日昋自清风，孔子门前白发翁。
半本离骚催草绿，一床论语照花红。
儒生岁月随天阔，墨客春秋寄浙东。
书院书楼闻法曲，山村山路问歌童。

敬和朱汝略先生《咏日昋村》

侯友国（玉环）

旭日初升跃海东，霞光万缕闪霓虹。
渔舟唱晚渔家乐，论语收藏诵古风。
物质丰盈千载业，精神高尚一方雄。
圣人后裔移居地，再启征程奔大同。

和朱汝略先生《咏日昋村》东韵

方贵川（玉环）

远岫腾龙入海东，峰回路转日瞳瞳。
尽收岭上田园景，又沐箸旁唐宋风。
武略文韬光圣祖，渔樵耕读慰初衷。
春晖门第千秋业，后浪推波前浪雄。

依韵和朱汝略先生《咏日岙村》

姜荣华（温州）

霞蔚云蒸画意融，山清水秀更青葱。
渔舟灯火欢声起，海市瀛台瑞气雄。
论语廿篇传礼乐，春秋一部立儒风。
初心不忘宏图展，砥砺前行翰墨中。

依朱汝略先生《咏日岙村》东韵

颜　敏（玉环）

一

日岙依山面向东，朝阳璀璨半江红。
沙滩礁石歌新意，阡陌桑田话古风。
书院文章诗句雅，孔家门第俊才雄。
峥嵘岁月千年旺，共创和谐再立功。

二

青山碧海映长空，日岙仙滩七彩虹。
修德齐家兴百业，还乡尽礼事亲躬。
桑田不改旧时月，五谷丰登梦相同。
纯朴村规尊论语，孔丘后裔古人风。

和朱汝略吟长《咏石岙村》
朱巨成（诸暨）

艳阳先照孔门东，霞蔚云蒸舞彩虹。
光抹渔村金烁烁，帆扬福海日曈曈。
涛声依旧礁岩暖，儒学翻新德望崇。
处处笙歌迎廿大，和谐幸福岁时丰。

依韵奉和朱汝略先生《咏日岙村》
黄绚春（湖南）

坚持奋斗劲无穷，浪涌腾挪跃海东。
日岙潮头真气派，沙门人物确英雄。
千秋翰墨迷骚客，万古文章醉眼瞳。
筑梦新村齐勠力，民安国泰乐融融。

和朱汝略吟长《咏日岙村》
郑福友（温岭）

山海映辉凌碧空，桃源迁徙曙光红。
翠微静倚千帆竞，绿水欢歌百鸟融。
上继孔林涵社雨，今开书院醉东风。
小康苑里扬儒学，遥听吟声颂大公。

和朱汝略吟长《咏日岙村》

聂朋群（宁夏）

著力千舟锦梦雄，关情九域大潮风。
儒催端境珠玑璿，象载醇魂社稷崇。
建业乡音晴有韵，期犀古道响如铜。
岭梅开后春皆灿，但得筝弦奏处隆。

步韵朱汝略先生《咏日岙村》东韵

祝金生（杭州）

千艇飞霞涌日红，垦荒耘海稻禾丰。
渔耕并举民风古，德行先崇族谱隆。
文旦林深香惹蝶，鱼虾网灿色迷瞳。
村奔致富阳关道，鼓角震天脚步雄。

依韵和朱汝略先生《咏日岙村》

陈子芳（黄岩）

立村建业拂春风，孔圣师传先典隆。
儒术岁华千里碧，文明花朵万年红。
妪翁高节家惟孝，子女冰心国尽忠。
农牧渔工皆发展，城乡一体步频同。

依韵朱汝略先生《咏日岙村》

赵家海（温岭）

露宿峰头看海东，波涛欲出日红红。
丰腴柚子垂涎滴，鲜美鱼干扑鼻风。
社会文明先道德，人心善恶法规公。
乡村美丽迎游客，又出诗书启稚童。

依朱汝略《咏日岙村》东韵

辛布尔（杭州）

一路寻幽杖策东，蓝天碧水映霞虹。
金鸡耀日仙留迹，银斗量珠地似穹。
此有灵根盈气脉，更传伟业覆宗雄。
征途同步小康梦，祠谒哲贤唐宋风。

依韵和《咏日岙村》

任茵茵（黄岩）

诗歌唱响大江东，气象万千穿彩虹。
砚底江山流宋韵，清华水袖舞唐风。
抬头照见中天月，洗耳犹闻日岙钟。
壶里乾坤凭跑马，何须煮酒论英雄。

和《咏日岙村》
王前进（黄岩）

孔族迁居岛北东，濒临大海贯长虹。
沧桑世事经烟雨，道德文章洒大风。
生态持家时换貌，从戎卫国亦称雄。
携程共富伸援手，闪烁星光映皓穹。

依韵朱汝略先生《咏日岙村》
王思雅（瑞安）

玉环岛屿出龙宫，越古驰名自不同。
碧水扬帆生海景，雪滩去暑有柔风。
黄沙蟹浦多神韵，白马渔村遍岁丰。
在昔文章尊孔圣，英雄儿女翼飞鸿。

依韵朱汝略先生《咏日岙村》
陈显福（玉环）

往来闽浙一帆风，千里投荒耕海同。
心系泰山犹隐约，梦回泗水渐朦胧。
守仁道德亲和力，启智文章教化功。
摆酒楼头当尽醉，中兴国运喜今逢。

步朱汝略先生《咏日岙村》

丁金川（临平）

日岙山村有古风，孔儒一脉住其中。
修身养性持儒道，笃志勤思守祖衷。
香火千年延不断，美名万载续无穷。
青山常在水为证，华夏文明永兴隆。

三、赞　美

拜谒沙门孔子文化礼堂

黄象春（玉环）

行到山前呼大庠，煌煌殿宇拜坛场。
黄泥岗脚开新境，黑石滩头望远洋。
万世宗师金玉振，三堂风雅蕙兰香。
圣人仁德千秋颂，儒学精华示八方。

和朱汝略先生七律·绝壁天打崖

孔庆军（温岭）

倒悬绝壁自然佳，霹雳雷轰天打崖。
浊浪排空青鸟散，狂风呼啸白云埋。
飞鹰有志问谁识，猛虎无情扑尔怀。
樵采心提嗓子眼，广寒宫阙晃千阶。

和朱汝略先生七律

程忠海（临海）

美丽渔家沐党恩，振兴创业惜同根。
圣人遗训常怀梦，儒学经纶自作魂。
榴岛扬波翻碧浪，沙门近水竞飞奔。
生民步入新时代，东海明珠日乔村。

咏玉环日乔村应汝略先生之约

吴亚卿（杭州）

孔裔南来千百春，沙门创业有渊源。
依山傍海渔家乐，尚礼崇文儒者尊。
论语楼中真意趣，藏书阁里大乾坤。
更期同富兼同贵，清正廉明贻子孙。

和韵朱汝略先生《咏日乔村》

楼晓峰（遂昌）

孔祚承风到玉环，绵延两百廿年间。
题书四帝皇恩布，济世重光杏脉传。
雨润龙韬声细细，渊涵虎略水潺潺。
渔村代有人才秀，纬地经天不赋闲。

春天诗会·日岙孔子文化礼堂行吟
吴军明（玉环）

当年罹乱惹离愁，恰似浮萍逐水流。

一脉入江开圣庙，六经涵日泛渔舟。

骚人雅聚儒风振，新海狂吟意气稠。

今借东君香吮墨，梅前翻唱记春秋。

和朱汝略先生诗《咏日岙村》
郑旭芳（玉环）

博学鸿儒遍海东，圣人遗墨赛长虹。

藏书阁里藏家训，论语楼前论国风。

筑梦华章千载业，续庚贤族万方雄，

更加奋进新时代，全面小康今大同。

和朱汝略先生七律
陈　楚（椒江）

一

濒海依山世富饶，振文兴旅起春潮。

滩铺卵石游人乐，曙照园峰紫霭飘。

日岙才华千载秀，孔家人物一方骄。

玉环西藏桃源里，客至忘言水国遥。

二

海色摇空浮玉岛，难声莺语绝尘嚣。
一尊圣像传馨远，两庙儒风悬匾昭。
游击荒村南国震，秘传情报乐娘娇。
如今新兴渔家乐，文化先行架鹊桥。

沙滩头
江肖晓（温岭）

浩淼烟波接海天，滩头白鹭几缠绵。
论心脚浴除寒病，促膝临风说古先。
夹蟹寻虾欢不尽，扬帆击浪喜弹弦。
银鱼剔透晶莹色，满载而归庆盛筵。

和朱汝略先生七律·咏日岙村
刘喜成（上海）

异乡弟子歌千曲，儒圣英名冠九州。
仁政萦怀花雨过，德行印路信心酬。
魂牵论语鲲鹏举，情系先师义气留。
又是诞辰迎典日，玉环湖海颂春秋。

和朱汝略先生七律·日岙行
王福清（玉环）

千年日岙沐朝阳，至圣礼堂源远长。
仁义育人心向善，诗书传道墨飘香。
开枝散叶丁财旺，投笔从戎家国强。
处世修身诚与信，儿郎立志振邦乡。

115

玉环市日岙村庆贺唱和集

日岙孔子文化节赞礼

潘国平（玉环）

耕读传家本色延，礼堂文化盛空前。
千秋儒学担醒世，继往开来启后贤。

瞻仰日岙孔子文化礼堂

马学林（玉环）

古村处处沐韶阳，国学礼堂名四方。
时有书声澎湃起，春潮催我读华章。

咏日岙村

祝金生（杭州）

云帆涌托晓阳升，驾澜穿涛勇若鹰。
文旦满林鱼挑岸，繁星亮起一村灯。

颜祜耘

浙江省美术家协会委员

玉环市美术家协会副会长

日岙古渔村三首

方贵川（玉环）

"参军村"

阳光满满小渔村，一脉千年孔姓根。
碧血儿郎肩道义，争先奋勇壮军魂。

儒学堂

婆娑箬竹旧时景，殿宇恢弘远近闻。
颂读琅琅兴国学，江南邹鲁墨芳芬。

黑沙滩

珍珠万斛落天涯，韵胜美眉披黛纱。
绾结同心追白浪，光华灼灼一枝花。

步韵和方贵川会长，日岙古渔村

孔繁都（玉环）

"参军村"

群山环抱小渔村，孔子家孙后裔根。
报国为民曾伏虎，东方红色领军魂。

儒学堂

千年古岙天涯景，梵宇雕梁内外闻。
论语滔滔童稚读，礼堂典雅溢芳芬。

黑沙滩

幽深环境秀无涯，海角风光着碧纱。

潮涌涛声迎细浪，慧心湾畔独枝花。

首照曙光

首照晨光日岙前，海滩卵石映山川。

大园山顶古烽火，孔子精神后裔传。

咏日岙村
孔繁都（玉环）

绝壁巉岩倒置中，当年谁手造奇峰。

峻危展尽腾空势，高耸犹添飞瀑功。

挂果树多山岙美，扬波海近孔家雄。

书楼古阁传名远，逐梦车轮万里通。

题日岙村
任战白（路桥）

疑是蓬瀛日岙村，悠悠儒学足消魂。

渔帆点点斜晖里，簇簇新楼绿映门。

紫薇花
江肖晓（温岭）

河畔参差紫色花，故人合照映云霞。

枝头树底空相惜，绰约多姿双蝶涯。

日岙竹枝词 10 首

谢良福（玉环）

题日岙村文化礼堂国防廊

男儿何不向深蓝？跨越骊洋黑浚潭。

驱舰同窗航母舰，启程神效拂澄岚。

访问日岙"参军村"有感

"参军村"里访英豪，壮阔心潮逐浪高。

投入熔炉锤百炼，报知家国慑天骄。

赋"责任担当，心系国防"有感

光荣门户福庭红，笑侃当年也骏雄。

论语千秋诠孔学，礼堂村志写惊鸿。

日岙慧心海黑卵石沙滩即景

潮头湍石浪淘沙，黑白分明括际涯。

风季观潮天海阔，泳装衣饰媲琪花。

纪圣堂揽胜

骊洋南北起红霞，孔氏徵庸紫玉葩。

师圣功夫生克己，杏坛云簇百千家。

孔子文化礼堂暨周边即景

繁枝云叶桂花天，孔裔迁居缩水湾。

青黛千年烟水色，紫莺声诺太平年。

稻薯渔获忆当年

风生潮起玉环洲，日澳山田稻薯谋。
篷举桅樯风给力，汛期鱼跃乐丰收。

农历八月廿大疆云台日岙即景

红旗招展蕾梅开，碧海蓝天箬岙来。
山淡粼波漪涣释，鹭行飞白启诗怀。

日岙村春日植物食材畅想

黄杨乌桕碧梧桐，拓树红楠小叶榕。
银杏时珍香白果，刺楸春食寿乔松。

汛前日岙渔家缗网期蟹季

尼龙丝白网纲长，缗网庭前对月光。
渔汛船开乌浪鼓，一潮梭蟹廿多筐。

咏日岙村·依朱汝略先生东韵

冯济峰（临海）

晨光日岙东，卵石接飞红。
岸拍渔民梦，舟行富岛风。
烽台能揽胜，儒士亦称雄。
夫子遗芳迹，香烟几处同。

咏日岙

陈国友（金华）

素波生海日，玉岙出云鸿。

何故家门盛，因怀孔圣风。

〔南吕宫·金字经〕贺《孔子后裔在玉环日岙》

洪锦沸（台州）

海乡好风景，百舟欣启航，孔子苗裔日岙昌。

强，直书家谱汇华章。继传统，今朝更辉煌。

散曲二首·词二首

孔繁都（玉环）

一

〔北正宫·叨叨令〕赞日岙春满花开

千年卵石乌滩美，慧心湾畔天涯比。礼堂文化真华丽，铸铜孔圣人
间世。

羡慕你也么哥，羡慕我也么哥，沙门日岙观光喜。

二

〔正宫·塞鸿秋〕"以侨架桥，文化出海"丝路行在日岙启动

弘扬优秀侨文化，寄情夏至千言话。研究论语提升价，中华孔子传承
下。匈牙国学堂，儒者创新画，后沙日岙涛声谢。

三

鹧鸪天·咏日岙孔子文化礼堂

孔子宗祠日岙家，圣人府里挂红纱。海边潮水翻波浪，山麓风光游客夸。

真艳丽，走天涯，巍峨藏阁树阴遮。儒家论语翁童读，户户农家玉柚茶。

四

满庭芳·咏日岙

海角风光，云烟万里，天桥高速多娇。浪高鱼跃，鸥鹭顺风飘。过往舟船翕忽，新港岸、调运通宵。争分秒，靠离装卸，不必候平潮。

山凹，吟诵起，先贤孔子，论语滔滔。喜礼乐诗经，重作时髦。文化礼堂典雅，真靓丽、足见风骚。山川秀，人文春色，相映更妖娆。

卜算子·忆日岙孔姓同窗

林显正（玉环）

孔裔住江南，日岙民情好。儒道遗风一脉承，立志当须早。

今忆老同窗，年少无烦恼。岁月难忘灯下聊，转眼容颜老。

沁园春·孔子2574周年诞辰庆典

刘喜成（上海）

盛世升平，且看今朝，客会玉环。望长车入画，莺啼竹韵；鸿图出彩，燕舞霞烟。儒圣风流，千歌亮世，鹏举鲲翔傲九天。骚朋聚，又高谈贺句，庆典联欢。

争传故事开颜。唱响了神州大讲坛。忆先师论语，春秋景仰；后昆典籍，日月相传。美德萦怀，新潮逐梦，赤胆擎旗立泰山。苍龙舞，任螳螂哭泣，我自扬鞭。

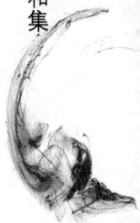

渔家傲·咏日岙村沙滩

陈玲静（温岭）

启示如同号角响，驱车到岙喜寻访。掌伞暂将炎热挡，心花放，凉鞋脱去来追浪。

欢趣犹如尝酒酿，双腮粉面红相向。醉起树荫眠一饷，惊醒望，鹭鸥同立沙滩上。

聆听黄象春先生读诗

陈杨林（玉环）

孔子经纶传海角，春秋人物照身旁。

浅尝平仄吟诗韵，心底风云写巨章。

题日岙村

周祖寿（玉环）

一道阳光升日岙，花丛草木绿如荫。

孔儒文化清香地，历史名村壮古今。

文集

山韵
黄秋红 画

黄秋红
浙江省老年书画研究会会员
玉环市老年书画研究会理事、副秘书长

孔六梅：博学笃行　情系家国

谢良福

孔六梅，男，1958年6月生，玉环市沙门镇人。中共党员，曾任上海市静安区委常委、区人武部部长，大校军衔。1976年12月参军；1978年入党；1980年参加军队第一期预提干部学习；1988年参加中国人民解放军原后勤指挥学院进修；1999年—2002年，参加华东师范大学国际关系与世界经济专业在职研究生学习，获经济学硕士学位；2005年—2008年，参加亚洲国际公开大学在职MBA学习，获工商管理硕士学位。

历任上海警备区某师战士、班长、学员、火炮技师、军械仓库主任、汽车连副指导员、指导员、机关助理员，上海警备区装备部参谋、处长、副部长，中共静安区委常委、区人武部部长。退休安置于上海浦东新区陆家嘴干休所。他心系故里，服务乡亲，现任玉环市在沪人才联谊会会长、玉环市儒学发展促进会名誉会长。

本文通过"激情岁月，建功军旅""聚才引智，回报桑梓""踔厉奋发，初心致远"三个故事，介绍孔六梅"从故乡沃土到火热军旅、从普通青年到军地领导、从献身国防到回报桑梓、从弘扬孔学到葆守初心"的精彩人生：36年军旅人生，他对党忠诚，信仰坚定，热爱国防，身体力行；8年人才联谊会长，他热爱家乡，聚才引智，回报桑梓，孜孜以求；45年研习孔学，他知行合一，垂范宗亲，言出行随。他积极进取的人生自觉，始终如一的博学笃行，留下了一行行扎实的足迹；他努力践行初心使命，

始终秉持家国情怀，书写了孔家子弟、职业军人、共产党员的多维风采。

故事一：激情岁月　建功军旅

孔六梅积极弘扬"忠诚、执着、实干、创造"的军人品质，从一名普通的军械仓库保管员干起，班长、排长、副指导员、指导员、营级助理员、团级参谋、处长、副部长，无论哪个岗位，总是一步一个脚印，开拓进取，主动作为，日进有功，成为行业系统的佼佼者。他任汽车连指导员期间，连队荣立集体三等功，个人荣立三等功；在警备区机关当参谋期间，荣立个人三等功；在担任装备管理处处长期间，该处先后4次被警备区评为先进处、3次荣立集体三等功，尤其是在重点难点问题攻关上建树颇丰；当副部长时，被表彰为全军"十五"期间装备管理先进个人，多次被评为优秀共产党员、优秀机关干部。

打基础、强实力，下苦功、做实事

1977年初春，孔六梅在恢复高考前三个月，光荣地穿上了绿军装。乘坐"工农兵18号"客轮，从海门港驶向上海。第二天，就开始了紧张的新兵训练。

在队列、射击、军体、投弹、全副武装5公里越野、传统教育、军事理论等新兵训练科目中，孔六梅肯吃苦，最用心，严律己，样样拿得出手，成绩遥遥领先。作为渔民的儿子，孔六梅有着大风大浪里神情自若的果敢。特别是在摇晃的甲板上，他能熟练而准确地顶篙、投缆与撒网，那种准确性，来自参加渔业生产练就的脚下定力、出众臂力。孔六梅凭着勤学苦练，很快掌握了扎实的基本功，在实弹考核中，5发子弹打出了48环的优异成绩。他的手榴弹投掷成绩更是亮眼，58米，在所有新兵中一枝独秀，班长脸上倍有面子。

如此骄人的训练佳绩，孔六梅自然成了领导心目中"重点栽培"的好苗子，加上他遵章守纪、尊敬上级、团结战友，不仅如此，他还常常帮助战友。新兵分配时，许多连队干部都"抢"着要他。

正青春的孔六梅，第一志愿是到汽车连当驾驶员，第二志愿是到船运大队当水兵。这两项不但都是"技术活"，而且都在"外头跑"，有更多的机会进城，看风景，见世面，复员后也好找工作。孔六梅心里想着挺美，可事与愿违，希望落空。

孔六梅回忆说："当知道去的是修理所仓库，而且是保管员，心里很失落。但是，部队有纪律，军人以服从命令为天职，必须听从指挥。在哪儿，都要干好，干出个样子！"失望归失望，但他暗暗较劲的心气，也由此而生。

有一个细节，孔六梅至今记忆犹新。负责分配新兵的参谋与仓库主任办理好交接手续后，主任亲自送他到军械仓库，落实工作岗位。然后，主任有力地握着他的手说："我是'特意'将你'要'来的，军械仓库是个重要岗位，归师军械科管，你要给我好好干，干好了能进机关。希望你继续保持并发扬你在新兵连的风采，要干就干出第一来，给我们大家争光……"

尽管当时对"进机关"是什么意思还十分懵懂，但是，从主任有力的握手与殷切的话语中，孔六梅已经隐约感觉到一种不一样的温暖，甚至是嘱托。主任、班长热心安顿他，热情勉励他，让他的心中倍感温馨，也充满感激。他暗下决心，一定干出一番业绩来，决不让主任失望！

战友回忆说，那时的孔六梅，风华正茂，一表人才，又是"文革"后第一批高中生，还是军械仓库所有新兵中唯一的高中生。大家都明白，孔六梅一定有出息。因为他是天生爱动脑，不管多复杂的技术问题，经他一番"捣鼓"，就能琢磨一点"门道"来；他不但心细，而且手巧，各种器械工具，得心应手，三下五除二，把活儿收拾得利利索索。兵虽是新兵，活儿却很老练。

"为什么能得心应手？熟能生巧！在闷热的夏季，仓库里干活挥汗如雨，必须静心钻研。为此，我一琢磨出疑难问题，便及时记入小本本，请教有经验的老战友、班长甚至主任，做到读记在口，默记在心。俗话说得好，磨刀不误砍柴工，下了苦功夫，当然要先懂一些、多知道一些。"孔六梅这样解释说。

文集

先下苦功，一直是孔六梅的秉性。当年，上海警备区率先装备新式武器，最能激发他"学能所用"的动力。新装备，第一次接触，教材、教具、教员，都比较缺乏，往往只有性能说明书和简略的操作指南，保管、保养知识基本上是空白。这对仓库保管员来说，是极大的挑战与考验。必须在较短时间内，摸索出道道，说出个一二三四来，才能保证新式武器装备能顺利投入使用、训练发挥作用、战时才有效用。为此，孔六梅夜以继日地找资料学习、向兵工厂专家请教、带领攻关小组破解难题……凭着一股不服输的韧劲，很快掌握了新装备保管、保养的基本要领与技术规范，达到"稳、准、快"的标准。"稳"就是沉着、定力，一步到位，安全且高效；"准"就是对装备器材存放位置记得准、型号数量记得准、性能参数记得准、保管保养程序与要求记得准，即便在黑暗中，也能做到"一摸准、一口清、问不倒"；"快"就是千锤百炼、熟中生巧，不假思索、下意识反应。

提起当年管仓库的事，孔六梅是一招接一招，可谓滔滔不绝。他的许多真知灼见，是干一行爱一行的体现；他的多个得心应手，是长时间实干苦练的积累。

精专业、练绝招，储多能、得垂青

1977 年 10 月，在以"活账本、一摸准、一口清"为主要内容的警备区岗位练兵大比武中，新兵第一年的孔六梅就一举夺得仓库保管专业第一名。大比武当天，师长因事未能当场眼见为实。下旬，他专门抽空来仓库，说是要见识见识小孔的真功夫。

爱"出难题"的师长，一个个问题问得很"刁钻"，孔六梅"有问必答，对答如流"，师长露出会心的微笑。凭借平时的努力与积淀，他熟记仓库内所有枪械、弹药、新装备及其零配件的名称、入库时间、型号、规格、技术性能、生产年代、库存数量……对于拆卸开来的装备零部件，他是边看边触摸，练就了"蒙眼操作"或在"无光照"的情况下操作的绝活儿。他反复体会装备零部件与弹药的外部细微特征和因环境温度差异而带来的细微变化，通过气息与手感，强化记忆，从而掌握了"一口清、一摸准"的独门绝技。

从进入仓库门开始，孔六梅被蒙上眼、进去后再转圈，故意打乱他的记忆，增强测试难度。但是，即便如此，只要检查者随口说出器材的名称，孔六梅就能立马取出，分毫不差，令在场的领导啧啧称奇。机会总是垂青有准备的人。为练出这门"绝活"，孔六梅谨记处长的一句话——必须在停电黑暗的情况下，练就"精准取材"的本领。因此，武器装备、器材和零部件、弹药摆放位置与顺序，必须要用心、规范、牢记，做到烂熟于心、了解于胸。

第一天进仓库，孔六梅就开始试验，一是比较众多零件的气息。有两种情况：零部件原来有没有拭油，彼此的气息有明显的感觉；后来擦拭中，也可以单件擦拭，留下的气息也很独特。

气息与准确的转圈脚步，是定位物体位置的坐标。只要主体定位了，从左到右，从上到下，或反之，都有各自的位置，做到直线上前，就能探囊取物。前提是仓库要保持通风，不让气息混串。还有就是练就立定转圈判定的面向角，转 1 圈，脚下 4 个 90°角，与转 12 圈 48 个 90°角，方向感是一样的，就可以找出要取零件的位置。

"绝活对于有心人，其实不是什么难事。世界上有许多事，在别人还没有闹明白的时候，你弄明白了，绝活自然就有了。绝活在身，就成了功夫，就多了机会。"这就是蒙着眼睛还是个明白人的孔六梅。所以，师长、部长、处长对他另眼相看。测试结束后，师长兴奋地握住他的手说："小伙子，不简单，真让人信服啊！"

凭借优异的成绩、出色的表现，孔六梅入伍第二年，就光荣地加入了中国共产党。作为一名共产党员，更要对得起党和部队的培养。恢复高考后，全军的干部制度迎来重大改革。本来列入预提干部对象的他，如今面临着未经过院校培养则难以提干的窘境。当年，他所读的高中只是两年制，实际上，也就读了一年半，想要通过考试改变人生，难度可想而知。

偏偏好事多磨，当时规定 1977 年春季兵不得参加全军统一考试。孔六梅也做好复退回家与父亲、兄弟出海捕鱼的心理准备。苍天不负进取者。11 月中旬，孔六梅接到师后勤部电话：1977 年春季兵，可以参加全军统一

考试。真是峰回路转、柳暗花明！

这是一次难得的重新学习良机。可以参加全军考试，这让孔六梅既喜且忧。喜的是——终于可以放手拼搏一回，忧的是——离考试只有少之又少 15 天时间了……好在仓库、后勤部、师领导倾力支持并鼓励，给他开了"单间"，让他"闭门修炼"、专心复习，大家还热心为他搜集学习资料，能者为师，主动指导。

领导从窗外观察小孔忘我苦学、全身心投入的样子，十分欣慰，相信他一定能考上！而他自己则心里没底：一是考试在即，复习时间太短、太仓促；二来当年的高中学习也不系统、底子也不扎实，加之毕业已有较长时间，所学的东西不少都遗忘了。语文、政治，还可以直接看书学习与领会；数理化则有难度，怎么办？他坚信"天道酬勤"——照着教科书上的例题，用"倒推法"来解读，悟透定律原理，抓住重点要点，理解熟记公式，做到不懂就问、举一反三、触类旁通。

连续鏖战半个月的孔六梅，嘴唇上打起了水泡，走进了考场……上午考数学，本着"小分不丢，积少成多；中分稍难，用心求全；难题放弃，不耗时间"的想法，小心求解，细致作答，走出考场时，他多了几分考好的信心。

星光不负赶路人。1979 年春节，孔六梅如愿考取了军校。从春天参军到春天考入军校，孔六梅也迎来了人生的春天，完成了人生第一次的重大转折！机遇、拼搏，完美地统一于孔六梅身上。

尊师长、发奋学，高追求、勇进取

迎着劲吹的春风，孔六梅走进陆军学院的大门。

说起军校，孔六梅滔滔不绝。军校给了他知识，给了他思想，培养了他的能力，对他的人生产生了刻骨铭心的影响。

"军校给我影响最大的，莫过于我们的老师。老师们为了课堂上的几十分钟，不知熬过了多少个日日夜夜；为了攻克科研难题，有的教员奋斗了半生乃至穷尽一生。他们学而不厌，诲人不倦，甘为人梯，无怨无悔。他们的事业心、他们的奉献精神、他们自强不息的人格魅力，潜移默化地影响着我们，时时刻刻激励着我们，促成我坚定勤学报国的理想。"作为一名日渐成熟的职业军人，孔六梅一直从理想的高度来看待可爱的军校、可敬的老师。

军校的生活，最初的印象是"闻号而动""闻号而卧"。接着"满眼清一色的军装，直线加方块的特殊景致"，满耳"一、二、一"和"齐步走"的口令，一次次重复、一次次强化、一次次巩固，塑造着每位学员的内核。夜间，时不时来一次"紧急集合"；实弹射击的枪、炮声，凸显军营的火热，锻炼着职业军人的综合素质。整理内务"直线+方块"、走路迈步"厘米级规范""计较到分钟"、吃饭睡觉都要"统一行动"，全方位培养一名合格军人的意志、品格、作风。

丰富而艰苦的军校锻造，孔六梅以"优等生"的荣光，回到老部队，在基层发挥军校所学，干得风生水起。1980年底，他被提任为排长。由于业务精湛、业绩超群，一年后，孔六梅被调入师机关，担任军械科助理员。师机关人员大多是资历丰厚、阅历丰富的老同志，每个人都有"几把刷子"，23岁的孔六梅，分明感受到一种无形的压力。他默默告诫自己，只能知难而进、迎头赶上。

1983年底，随着"中国温台经济模式"——最初的股份制合作企业的兴起，玉环的"红帽子"企业风生水起。家乡日昋村的渔业生产，正进入黄金发展期。老乡途经上海，得知孔六梅服役已经7年，还是个"助理员"，游说他回乡，将有更多更大的发展。他有他的想法，他不想在将来回忆军旅生涯时，因为自己曾经的患得患失而留下什么缺憾，不为所动。

孔六梅的定力，赢得了领导的信赖与首肯。1984年10月，他被提升为汽车连副指导员，负责团支部工作。富有激情活力的他，有了充分施展才华的舞台。在连党支部的支持下，他创新开展的团干部竞选活动，有声有色，很有影响力；他根据青年汽车兵的性格特点，组织开展有益战士身心、为战友喜闻乐见的各类文体活动，活跃并丰富连队文化生活，战士的精神风貌焕然一新。在他的用心指导下，汽车连团支部首次被评为警备区"先进团支部"。1985年4月，孔六梅被提升为汽车连指导员。

文
集

同年 6 月，赶上部队编制调整，汽车连与汽训队合并为汽车队。人员增加，成分复杂，管理、教育、安全工作"难度系数"骤然增大。恰逢连长调离，孔六梅既当"队长"，又当指导员，军政两副担子一肩挑。怎么挑？孔六梅要求别人做到的，自己首先做到；要求别人不做的，自己坚决不做。他身体力行，示范带头，团结带领"一班人"，依靠骨干力量，发挥大家的智慧与力量。

"以开展'争创红旗车驾驶员'活动引领士兵争先创优，在全队倡导并形成'安全、爱车、守纪、节约'的良好风尚。"孔六梅根据汽车队工作性质、年轻人荣誉感与上进心强等特点，以荣誉激励、以实绩说话、以安全保底，鼓励全队官兵爱岗敬业、精通技艺、遵章守纪、争先创优，时时刻刻牢记"安全第一"，全队官兵"守交规、讲安全、练技能、精业务、重节约"蔚然成风，单位全面建设蒸蒸日上。红旗在流动，目光在关注，士气被激励，精神被焕发。

孔六梅带领汽车连全体指战员，始终保持"有红旗就扛、有第一就争"的冲锋状态。为了练就每位驾驶员的过硬驾驶技能，打铁先得自身硬，孔六梅身先士卒，从难、从严、从实战要求出发，率先打破平常"循规蹈矩"与"四平八稳"的训练模式：一方面，以遵章守纪、恪守交规来保安全；另一方面，以增加训练的难度与强度，将驾驶训练从相对平坦、短途、路况简单的场地，向丘陵、山地、远程、环境条件复杂之地转移，组织驾驶员向江苏溧水、安徽广德、浙江金华与温州等地，开展复杂道路、山地路况、夜间微光驾驶，着意锤炼部队、苦练基本功，以扎实而过硬的驾驶技能来保安全。与此同时，在保证安全的基础上，大幅提升全队的驾驶水平和战斗力、保障力。

榜样就是力量，红旗就是路标，循着榜样与路标勇毅奋进，汽车连荣立集体三等功，孔六梅荣立个人三等功。

多深造、长才干，新岗位、建新功

三十而立，1988 年，30 岁的孔六梅，被师部推荐到中国人民解放军原后勤指挥学院深造。

在同学当中，副团、正团的级别不少，营级的更多，校官云集。唯独他是个正连级助理员、上尉军衔，显得很"另类"。他的心里只有一个念头，职务军衔可以低，学习成绩必须高！他倍加珍惜机会，在学习上争分夺秒，忘我投入。

适逢海湾战争爆发，高科技战争场面带给孔六梅巨大的震撼。后勤演练，多为不带实兵的室内模拟推演，远离真实的战场环境，"纸上谈兵"意味颇浓。涉及后勤装备、仓储、运输等保障，大多停留在理论探索阶段。为此，在为期一年的进修中，孔六梅以强烈的责任感与使命感去学习、研究、破解，大量阅读中外有益于后勤与装备保障方面的著作、书籍，从中领悟现代战争"打的是后勤，拼的是消耗"之理、后勤与装备保障是"养兵千日用兵千日"之基。

孔六梅撰写的《关于配备军械士之我见》论文，任课教授看后，立即让他投给学院《学报》杂志，并很快录用。他的研究劲头更足了。此后，他一有空就跑图书馆，阅读国外特别是美军的现代化装备理论，全面了解装备管理模式，在相继完成的十数篇论文中，无不表现了敏锐的创造性思维。

毕业时，孔六梅被院系评为优等生，学院想留他任教。但他心系部队，婉辞院系美意，毅然返回部队。1992年，全军部队组建装备部，孔六梅学有所用，被提升为装备部军械参谋。在部队、在机关，他依然保持"好学善研"的一贯作风。《如何建立局域网，共享信息技术》的研究成果，在专业领域军事期刊发表。这意味着他已经由基础向前沿、由管理向实战作出新的研究和探索。

1998年，全军又一次"裁减员额"，20万名军官相继转业。担任团级参谋5年的孔六梅，非但没有被转业，反而提升一级，成为装备管理处处长，足见他的知识化、专业化水准，达到"复合型人才"的标准和要求。

好事偏要多磨。40岁走上处长岗位，本是大显身手之时。可是，适逢全军装备管理体制调整，装备管理处编制撤销，他成了"编外处长"。又是一个"人生关口"，孔六梅恪守"编外不懈怠、作为求地位"的信条，

文集

一如既往工作，并以更加饱满、更加昂扬的精神状态，投入到"加强建设信息化军队、打赢信息化战争"的研究之中。5 年中，他先后在军内外杂志发表《高技术条件下城市防卫作战中防次生核化危害物质外泄防化装备保障初探》《浅释城市要地防空作战装备保障对策》《做好军事斗争科技动员准备应把握的几个问题》《关于立体保障问题的初探》等十多篇论文，得到了领导和业界的肯定。

紧张的工作之余，孔六梅时刻不忘给自己"加油充电"，丰富、充实、提升自己。2001 年，他开始攻读华东师范大学硕士研究生；2003 年，通过了华师大硕士论文答辩。45 岁的他，走上了装备部副部长的领导岗位，并担任上海市国防科技动员办公室常务副主任。他充分利用上海的人才技术优势，积极争取各方支持，高起点、高标准、高效能展开国防科技动员建设。由他主导推进的两个技术革新项目——"装备仓库数字化远程管理系统"和"科技动员辅助决策系统"，有助于提高国防科技动员效率，分别获得全军科技进步二、三等奖。全区专题组织上将、中将、少将等将校军官三百多人现场观摩，军区首长给予了"真家伙、好家伙、实家伙"的赞誉。

2005 年 11 月，他被评为"'十五'期间全军武器装备管理先进个人"。由他负责研制的机动式雷达仿真模拟系统，荣获全军科技进步二等奖。凭着多项成果，他先后两次荣立三等功。2011 年 11 月，孔六梅调入上海市静安区，担任区委常委、人武部长。2013 年，在为部队现代化建设奉献 36 年激情岁月后，孔六梅领回了沉甸甸的光荣退休纪念册。

故事二：聚才引智　回报桑梓

玉环男儿多壮志，卫国助乡两相宜。36 年的军旅生涯，孔六梅始终牢记家乡人民的嘱托，用热爱国防、忠于使命的实际行动，在本职岗位上敬业进取，追求卓越，为故里、为乡亲增光添彩！他当战士是优秀士兵，从事技术工作是业务能手，到机关工作是优秀机关干部，走上领导岗位是大家公认的楷模。他历经十多个岗位，每个岗位上都业绩骄人，一路尽心尽职，一路探索创新，一路精彩纷呈。

军人的舞台是热血疆场，军人的胸怀是家国天下。故乡和亲人，是他们融入血液的牵挂。多年来，孔六梅会长始终关注玉环县（市）公众号等信息平台，及时了解家乡的经济社会发展动态、大事要事；适时走访玉环县（市）相关党政部门，了解家乡发展需求，对接招商引资与招贤纳士等工作；家乡县市领导赴沪之际，彼此共商洽谈玉沪合作事宜；利用探亲访友之机，获取家乡建设与发展信息；走访玉环驻上海办事处、玉环上海商会，并与之互动，知悉家乡各方面情况……家乡的每一个新变化、新发展，都会让他欢欣鼓舞、备感自豪。退休之后，时间相对充裕了，也更加自主了，他就想着如何立足上海"为家乡做点什么"。上海作为国际化大都市，在医疗、教育、人才、资源等方方面面，都有着玉环无可比拟的优势，这也正是自己"发挥余热"的优势所在。对于到上海诊疗看病的乡邻，他热忱相助、不遗余力，千方百计联系协调，尽其所能，乡亲受益良多、非常感动；对于家乡来沪求学的莘莘学子，他热心推荐、尽力协助，想方设法为家乡学子争取理想的学校……回报乡亲，造福桑梓，他当仁不让。2014 年 5 月，孔六梅接任玉环在沪人才联谊会会长，至今 8 年有余。在"服务会员，服务家乡"之路上，他倾情投入，增强了联谊会集体的凝聚力；他聚才引资，散发着他作为玉环人的独特魅力；他谋定而动，彰显了联谊会的桥梁与纽带作用；他身体力行，赢得了乡亲们的赞誉与褒奖。

明宗旨、秉"三心"，"双服务"、笃行之

玉环在沪人才联谊会，由玉环籍在上海党政军机关、经济、科技、教育、文化、卫生、法律等关心玉环建设发展的友好人士自愿组成。设有人才工作、教育文化、医疗卫生、经济金融、科技创新 5 个工作小组。在玉环县（市）委、政府领导与支持下，孔六梅会长带领全体会员，一如既往地秉承"服务会员，服务家乡"之宗旨，恪守"联谊、交流、团结、发展"的服务理念，为会员、为家乡"真心、热心、用心"服务。

真心服务，笃行不怠。8 年来，从组织玉石、翡翠、字画鉴赏艺术沙

龙活动，到带领会员艺术家参与《魅力台州》创作与上海美术家作品展；从会员参观三鑫科技集团了解科技发展，到中科院微小卫星研究所了解空间技术前沿；从带领专家团队龚文斌、王国祥和许柳雄"回校园"开展科技报告，到组织玉环各部门人才到上海开展新理念、新思路、新发展讨论，无论是艺术行为，还是科学向往，孔六梅都做到事无巨细，亲力亲为，给家乡的文化与科技工作者、广大青少年留下深刻印象。从最初的注册、分组，到计划、设项工作的亲力亲为；从强化制度引领，到沉着应对疫情挑战；从建立会长办公会制度、会员互访制度，到建立顾问联系机制、关爱会员机制；从接手时的50多名会员，到2015年的150名、2016年的170人，再到2023年达到210名，联谊会队伍不断壮大。通过建章立制，起到了培土固根的作用，——筑牢联谊会建设的成长根基，体现了"真心"服务的现存价值。

热心服务，水到渠成。玉环籍投资专家张立，是一位回家乡服务的创业人才。他的服务历程，并非一步到家。2015年，共青团玉环县委举办青年人才创业大赛，需要寻找导师级人物。团委把任务交给孔六梅会长，他在查阅自己的"在沪人才联系手册"之后，便找到张立，介绍了家乡人才创业大赛的情况，张立听后颇有兴趣，只是所在单位需要申请对接，情态为难。孔会长找到他的单位领导，代表家乡团委与张立所在单位做好对接、安排好日程，张立得以轻装出发。

用心服务，推而广之。上海中山、瑞金等知名医院，专家人才济济，医疗资源丰富。如何引才来玉，为玉环市人民医院等三所医院的发展助一把力，开展专题讲座、疑难手术、专家会诊，是不二法宝。为此，孔六梅会长积极联系玉沪两地职能部门，协调10名玉环医生、医疗管理人员到上海，开展为期6个月的专业进修和挂职锻炼，效果非常之好。教育更是家乡发展希望所系。孔六梅会长主动联系家乡教育系统与部分学校领导、骨干教师，赴沪参观考察上海宋庆龄学校，观摩现场教学，以期提升玉环教育水平。经孔会长多方奔走、牵线搭桥，2019年9月和2021年9月，坎门一中张亦强校长和玉环中学应崇恩副校长分别参加了为期2个月的"全国中学骨干校长高级研修班"培训。该研修班旨造就一批政治坚定、业务精湛、作风过硬的高水平、专业化校长队伍，促进我国基础教育的改革和发展；培训门槛高、名额稀缺、竞争激烈，机会得来殊为不易。这两位校长对此深有感触：2个月培训，时间不长，但受益良多。通过学习、交流、研修、沉淀、思考，自己对教书育人的思路更加明晰；将认真转变认真借鉴"目标教学""高效课堂""精准施教"等教育理念与教学模式，积极探索实践，形成自己的教学特色，推动家乡基础教育均衡发展、健康发展。令人欣慰的是：经孔会长的精心协调，这个高级研修班将每年安排给玉环1~2个培训指标，保持常态化培训，以此不断扩大玉环辖区内校长队伍的培训面，从而提高家乡校长队伍组织教学的专业素养，以此带动并促进家乡基础教育事业高水平发展。此外，孔会长还着力协调玉环六大主导行业（产业）协会与上海相关产业专家学者，举办"对接活动周"，并就技术服务、上下游产品研发签订框架协作协议，促进了新常态下行业、产业的新发展。孔会长就是这样以实际行动与成效回报家乡，践行"双服务"宗旨。

重乡情、谋实事，报桑梓、乐其中

联谊会作为直接面向在沪玉环人才的社会团体，其核心成员都是教授级专家，党员占比90%，是一支特别有智慧、有战斗力的队伍。如何发挥党员模范与教授、专家的励志作用，这是会长的职责所在，孔六梅本着从强化"三种观念"入手，引导"双服务"工作更上一层楼。

重乡情，加强联谊往来。孔六梅常说："我们都是玉环人，亲不亲，家乡人。"为此，他充分利用乡情纽带，定期开展或在新成员入会时开展联谊活动，以递增乡情，铸牢同乡情谊。

2019年3月6日，他组织十多名在沪玉环专家，到上海临港集团漕河泾开发区参观考察，与玉环籍教授（专家）、开发区发展总公司园区管理中心主任董申鹰、企业服务有限公司副总经理童民二人进行开发区发展形势与管理经验交流，为组织家乡开发区负责人到上海开阔视野埋下伏笔，后来促成多次互动。比如，2021年11月12日，玉环市委常委、组织部部

文
集

139

长李灵志一行赴上海考察科技人才工作，在玉环（上海）科创人才飞地，邀请童民等专家举行座谈，对于"飞地"落户上海，推动形成"研发孵化在上海、产业转化在玉环；工作生活在上海、创业贡献为玉环"的创业创新氛围，起到了预演式对接作用。同时，孔六梅还把班子新成员王国祥、耿相铭介绍给李灵志认识，让在沪玉环人更多、更深入地了解家乡领导带来的期望与具体要求，以指导联谊会工作。

同年 6 月 21 日，孔六梅组织中信集团上海地区协同单位一行 16 人，前往玉环市参观考察，对接产业项目，增进彼此友谊。2020 年疫情过后，为了继续推介家乡，孔六梅通过公众号动员联谊会成员，当好在沪"玉环大使"，讲好"玉环故事"，推动更多的资本回归、项目回归、技术回归。7 月 25 日，他与联谊会成员一道，在中信集团朋友的支持下，于上海中国金融信息中心协助推介"玉环味道"旅游产品，助力"后浪城市"站在长三角的聚光灯下，向上海人民展现玉环山海风光、农产特色，让上海感受沁人心脾的"玉环味道"。

重感恩，力推项目落地。孔六梅认为，在现实生活中，每个人都会常怀感恩之心。感恩养父母，感恩老师，感恩家乡，联谊会的感恩，就是促进项目成果回报家乡。

应对疫情，联谊会团结前行，共克时艰。2020 年 4 月 8 日，孔六梅组织班子成员共同谋划《2020 年度对接大上海、融入长三角人才一体化方案》对接建议，协调玉环市管干部前往复旦大学管理学院培训；协调学校老师到上海中心城区学校挂职锻炼；协调中信证券上海分公司、中科院微小卫星创新研究院、漕河泾开发区等协作单位，展开玉环金融、科技、产业园区服务对接，营造了协作氛围。5 月 24 日下午，在尚未停息的疫情防控形势下，孔六梅和 20 名成员一道，在浦东陆家嘴空地，举办"人世间的一切幸福都来自辛勤劳动"的"五一"补偿节，迎接"2020 玉环·上海招商推介会"的到来。

感恩家乡，积极联系项目对接。2021 年 12 月 26 日，孔六梅与 21 名联谊会成员、教授、专家一道，在家乡日岙村进行"慧心湾项目可行性"

论证。接着，为了壮大项目实施人的资金实力，孔六梅多方寻找，联系香港华侨城集团所属的文旅公司，开展慧心湾项目的开发洽谈，力争促成这一投资数亿的大型服务项目，朝着"面朝大海，诗意生活"的历程出发。玉环在沪成员联谊会发挥团队成员的职能作用，感恩付诸行动。同月27日，班子成员郑敏雪在对接资源、潜心笃行的"乡情感恩"中取得了成果。5年前，郑敏雪提出引导上市公司股份到玉环减持方案，得到孔六梅的大力支持，经过长时间的不懈努力，最终取得突破性进展。从7月中旬开始至9月底，该项目在第三季度完成两单业务，实现在玉环市减持市值17.65亿元，应纳、已纳税额2.43亿元。据带队的孔六梅会长介绍，减持纳税规模发展可期，在"稳字当头"背景下尤显可贵。

重践诺，乐在服务之中。 喜悦伴随着汗水，成功蕴含着艰辛。回顾"双服务"的心路历程，蕴藏着孔六梅"一份承诺、一份担当"的不懈坚持与努力，如今已形成"涟漪效应"，在把感恩之情转化为"双服务"的行动中，助力家乡经济社会高质量发展。

苦寒深处梅愈香，东风浩荡春满园。2022年的上海疫情过后，孔六梅把疫情期间的沉淀化为动力，立足上海，挖掘资源，发挥优势，主动作为，为家乡对接大上海、融入长三角作出新的贡献。下述先后进行的两桩事共同表明了他对家乡的回报之情、乐在其中的相互联系与相互促进。

2022年9月2日，孔六梅组织班子成员，在上海科学技术交流中心，与玉环市副市长詹福章等家乡领导，就"上海－玉环科技合作"举行座谈交流。詹福章介绍玉环已形成了"2+6+8"的产业体系，台州正在打造"五城联动"，玉环将要建设"精密制造城"，希望通过科创飞地、上海科学技术交流中心展开科技项目合作。合作提议得到上海科学技术交流中心书记陈东的肯定，提出了精准对接创新主体的建议，得到了詹副市长的赞赏。

同年9月8日，孔六梅与联谊会班子成员得到了西门子（中国）上海分公司战略合作区域经理吴琪博士的接待，双方就联系玉环企业开展深度合作，进行了研究探讨。吴博士支持孔六梅组织玉环企业家，共同分享西门子在数字化转型中所取得的经验和解决方案新概念。

文集

广联谊、结友情，赢赞誉、笃远行

主持玉环在沪人才联谊会工作 8 年来，孔六梅的这种以"繁荣家乡、发展玉环"为己任的所作所为，"服务会员初心不改，服务家乡一如既往"的性格禀赋，赢得了家乡以及沪上方方面面人士的全方位赞赏。说起来，他的"广聚人才资源、发挥人脉优势"的"双服务"追求，在顾问团队中，可谓有口皆碑。顾问中，有退役少将、正局级巡视员、静安区委常委、财政监察专员、省级开发区与金融中心主任、人才交流中心与科技中心主任，还有来自上海交通大学、同济大学、宋庆龄基金会的教授、专家。顾问团队所带来的影响力，不断放大玉环上海在沪人才联谊会的品牌效应。

"联谊会的吸引力，来自会长的魅力。"——这是浙江省人民政府驻上海办事处主任徐建刚对孔六梅的评价。他说："孔会长以乡情、友情、亲情这一纽带，连接'八新'激励机制，使团队执行力进一步体现。"他的"主动作为，积极有为，以身作则，踏实有为"的人格魅力，为有序推进各项工作，开创了联谊工作的新局面。

"十分投入，十分敬业。"——这是上海警备区副司令员丁善华少将对孔六梅的评论。他说："泱泱大上海，人才筑高地，没有出类拔萃的本领，想有一席之地都难。"联谊会有一席之地，与孔六梅的"部队培养、成长，对自己的要求比较严，工作、学习有境界"是分不开的。说明玉环"领导和会员同志们选对了人"，做到了把"最合适的人才放到最合适的岗位"，让孔六梅施展才华，报效家乡。因此，丁少将有理由相信："人才联谊会是一个'想干事、会干事、干成事'的群众团体，一个充满朝气、魅力四射、激情飞扬的团结集体。"

"情系家乡，回报家乡。"——赢得国内浙商领军人物梁信军的赞许。由梁信军牵头的上海复兴高科技与台州市立医院签约的医疗养老项目，开创了我国"医养结合"养老模式的先河。梁信军赞扬孔六梅主持的联谊会，在"投资返乡""金融返乡""医疗返乡"与"文化返乡"中都将发挥积极作用，他对人才联谊会先就"医疗返乡"惠及家乡百姓、"文化返乡"展示有家乡的魅力充满期待，祝贺孔六梅的新思路、新谋划取得成功。

惟其艰难，才更显勇毅；惟其笃行，才弥足珍贵。孔六梅所从事的联谊会"双服务"工作，是一次没有终点、超越自我的漫长求索。不忘初心，不断造福桑梓，这是他专心8年的追求，也是在沪人才面向未来的姿态。他在一篇文章中写道："远离故土的奋斗者，最能感受乡情牵挂得情真意切；志在四方的战友们，最会倾情于回报乡梓的快乐与自豪。"读着他的感悟，乡里乡亲感受到来自上海玉环人才的拳拳之心。

故事三：踔厉奋发　初心致远

"功崇惟志，业广惟勤。"取得一番功绩，既要"有心"，更要"力行"，还应"持久"。多年来，孔六梅无论是在其工作岗位上，还是在退休后发挥余热的联谊工作中，抑或在发挥光大孔氏家族的行为准则中，他始终以孜孜以求的心态、兢兢业业的状态、锐意向上的姿态，始终如一地践行初心使命，树奋进者形象，展玉环人风采。

助开发、遇契机，尽心力、村道通

家乡玉环市沙门镇日岙村，是个孔氏后裔聚居地，素有"忠义仁德，崇军尚武"文化底蕴，爱国爱军，心系国防，踊跃参军，是一代代日岙村民的人生追求，全村现役军人和退役军人的数量竟占总人口的5%，是个典型的"军人村"。

1998年，原南京军区在玉环组织开展民船动员演练，日岙村受领渔船动员任务近20艘。村中船老大纷纷请命参加，村两委一时难以抉择，最终以"抓阄"的方式，来决定出海船只。在此后的民兵海上演练中，要求参加的民船数量一直居高不下，也只好按"抓阄"模式确定参加船只。时任装备管理处处长的孔六梅，陪同原南京军区和县人武部战友前来落实动员演练事项，日岙村的名副其实，让战友们留下深刻印象。从日岙村"泥地"开始，至"大坟前"才能到达下缩山村界有简易公路的地方，参观日岙后裔最初的孔庙（祠堂）所在，车陷泥地，步行坑岙，涉水"西旺（汪）"，过溪至"北前"，再绕"大坟前"，如此绕来绕去，费力费神，

文
集

就为前往下绾山，来到孔庙看一眼。

那天虽然雨后初晴，彩虹经天，但如此路况，让孔六梅不好意思向战友提起记忆中家乡的种种美好。回到上海他所工作的部队驻地后，修建家乡村道的愿望，成了他连续8年的梦想。他想过集资修路，将原村道改直。双车道村道穿村而过，就有1800米，如果连接南园绕转旧村道，还要加长1200米。全部村道修好，满打满算3公里，如果让乡亲们集资，对人口多的家庭，会将是一笔很大的开支，尤其是对于日吞这样地处偏僻、收入低薄的农渔混合村而言更是如此。春节探亲，他最心心念念的——就是这段泥泞、崎岖的涉溪村路。

2003年春，玉环县着手开发沙门五门的滨港工业城，涉及沙门所有村镇群众出工出力集体围垦的土地产权，必须集约开发，才能开发工业城，形成强大的经济支柱。因此，在土地集约过程中，因为参与围垦群众的利益关系复杂而面临巨大阻力，县委、县政府集思广益，发动所有在外有威信的乡贤，共策共力推进开发区建设。时年45岁的孔六梅，走上了装备部副部长的领导岗位，并且担任了上海市国防科技动员办公室常务副主任。基于他的身份，县领导找到了他，要求他回乡做乡亲们的思想工作，助力玉环工业即将迎来的第一轮腾飞。为此，孔六梅二话不说，一口承应。此后，他三回家乡，和县领导一起，跋涉在难走的乡村道，挨家挨户请出党员干部，把"服从大局，发展有你"的开发决策，讲到了乡亲们的心坎上。当时，就有乡亲给他提纸条："我们不是想个人多要钱，而是想村里的道路好走一点。"时任玉环县委书记的高敏同志看了纸条后，觉得不好意思，便悄悄地答复，在工业城正常启动下，估计两年内有了经济效益，日吞村的路，最迟2005年争取启动修筑。孔六梅又把这一消息悄悄地告诉村干部，要求限于党员知道。

同心筑梦，大道如期。家乡玉环顺利达成了经济开发区的土地集约化，工业城建设突飞猛进，发展实业比拼争辉，经济建设蒸蒸日上。2005年，沙门镇的首条1800米的村路迎春开工，2006年，笔直的村道，刷新了日吞村的历史，前往下绾山村也方便了。日吞村"民生路"的修筑，改善了村民出行难问题，助力了经济发展，改善了村容村貌与村居环境，增强了群众的获得感和幸福感。

崇惟志、广惟勤，强军梦、国防情

在村民孔先方的手机里，收藏着一张他与叔叔孔六梅的合影，照片背景的"光荣之家"四字尤为引人注目。孔先方回忆，2004年的"八一"建军节前夕，叔叔到家里来看看，正好同学第一次买了个数码相机，带在身边，就给他和叔叔拍了一张。拍进"光荣之家"这个背景，不仅是荣耀，还有一份特殊的意义。以前，叔叔刚入伍的时候，经常和家人通书信，讲他在部队的生活，那时，孔先方就十分向往军营。后来有一次，孔先方去上海部队看望叔叔孔六梅，见他与战友们绕操场跑圈，感觉一下子热血沸腾，可惜超过了入伍年龄。从那时起，孔先方就希望儿子长大也能到部队去，成为一名军人。

2005年，孔先方的儿子孔巍巍考上了浙江万里学院计算机工程系。上学没多久，就接到家乡征兵体检通知。孔先方支持儿子参军，通过了征兵体检。12月1日，孔巍巍接到了孔六梅打来的"祝贺电话"。入伍第二年，他便考入了国防科技大学，毕业后又入原南京炮兵学院进修，取得双学位，荣立个人三等功，今为上海某部现役军官。2015年入伍的孔巍杰，与堂兄孔巍巍有相似的参军经历，他从南昌市原陆军步兵学院毕业后，成为现役军官。2016年入伍的孔嘉锋，17岁就想报名参军。在孔六梅的鼓励下，他勤学苦读，以617分的好成绩，考入天津原军事交通学院，也是现役军官。2020年8月7日，19岁的林永财就读于金华某大学，他要像孔巍巍、孔巍杰、孔嘉锋那样实现人生抱负，如今也是现役军官。

在孔六梅老家的大家庭中，共有8名退伍或现役军人，年龄跨度从"50后"到"00后"，是日岙村典型的军人家庭。2021年，日岙又有3名大学生如愿参军。孔六梅对此深有体会地说："在日岙村，'一人参军、全家光荣'在45年前是一句动员口号，如今已是一种文化传统。无论是孔姓人士，或是其他姓氏，只要是适龄青年，都有发自内心的参军要求。每一个现役与退役军人无不感觉幸福感与日俱增，营造着军人家庭和向往参

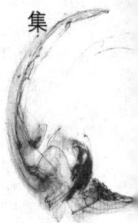

文
集

145

军的浓厚参军报国氛围。"

慧心湾、凤羽岗，心如磐、行致远

日岙村，位于玉环市东北角，却在山围之南。平日里，是个静谧的村落，但在村落的东北侧，横卧着浩渺的隘顽湾。涛声里，山长水远，潮汐间，涌踏扬波，曾经是孔六梅小时候的幸福乐园。

呈现在孔子文化礼堂背景上的凤羽岗，来自日岙黑色卵石滩的金凤凰传说。在蓝天白云的映衬下，黑卵石沙滩呈东西走向。沙滩分为两段，一段称大沙，700 米；一段称小沙，300 米。小沙是凤羽左翼，是展翅的侧影；大沙就是坡度平缓的凤凰展翅右翼正影，投在海浪涌动的沙滩际线上。凤翼面积达 21000 平方米，连接着向东冠仪的雄健凤头，于黑白分明之间，潮线柔长而灵性充盈，凤凰于飞，在巨大的推升力中，向着东海深蓝展翅翱翔。

作为孔子后裔的孔六梅所理解的国防教育内涵，来自对思想家、教育家、政治家孔子军事思想的关注度和关联性思考，从而形成了他在日岙村所推崇的以"军人价值观思想"为核心的儒家武德文化认同。他认为，孔子虽然没有明确提出军人的价值概念，但是他的"足兵""教战"说和"执干戈以卫社稷"的保卫"父母之国"的想法，集中体现了孔子对"军人价值观"的认同。据他考证，孔子数十年如一日地教授军事、培育将才，以及大智大勇的阳刚之气、崇文尚武的武德人格，是其"军人价值观"的最好注脚。

孔六梅以饱满的军人热情，用诚心、耐心和爱心发挥好军休干部的积极作用，在日岙村的道路建设走在其他村庄前头的基础上，用包括孔子文化礼堂在内的经济、文化建设成果吸引了人防疏散场所建设，形成了反哺机制，推进了人口疏散场所建设与美丽乡村建设、文旅惠民项目建设地有机融合，进一步提升了农村的硬件基础设施建设水平。2017 年 10 月 16 日，在纪念孔子 2568 周年诞辰的活动中，孔六梅的儒学报告字字掷地有声。他的文化自信与清晰思路，得益于重温习主席的讲话，深入浅出地明白要义，结合自己廿余年来的孔子研究，汲取了儒学思想精华，寻根问祖，慎思追远，弘扬祖德，光前裕后，起到了弘扬中华民族传统优秀文化的目的。

常学常新，日研日进。以孔六梅为代表的孔子儒学文化研读者和由他们组织、推动的相关活动，正在形成儒学文化研读基地、国防书画创作基地、慧心文化写作基地等多点辐射，以吸引更多的人前来深入研读，从而进一步挖掘优秀传统文化、红色文化、社会主义先进文化。日岙村把社会主义核心价值观、军人保家卫国价值观融入乡旅文化，增强爱国主义、集体主义、社会主义文化教育元素，推动"文化+旅游"的融合发展，必将使游客在领略自然之美时，感悟到孔子儒学文化之美、国防文化陶冶心灵之美。

綠色新邨立溪東 紅旗舉處扯長虹
繁苍似錦抇詩客 群欢如潮引瑞風
富了文章誰點贊 憶之孔聖栽稱雄
神奇日益齊天樂 幽彩鴻圖滙大同

劉喜戌 咏日益律詩一首 馮秀平書

馮秀平
中国老年书画研究会会员
玉环市老年书画研究会副会长

一片赤心恋军营

林存美

上海警备区装备管理处处长孔六梅，24 年前离别故乡玉环楚门，投笔从戎。在几十年的军旅生涯中，他情注军营，赤诚报国，在军事学术研究上，他更是勤奋耕耘，成绩突出。入伍以来，他 5 次荣立三等功，十多次受到嘉奖，多次被评为优秀共产党员。

1976 年 12 月，当时正求学于楚门中学高中部的孔六梅，积极应征入伍，来到上海警备区某部，当了一名仓库保管员。本想在部队的大熔炉里好好锻炼成"钢"的孔六梅，面对这生活枯燥、成天与库存武器弹药打交道的工作，心中不免有些委曲。随着部队开展的一系列革命人生观教育，他逐渐懂得了革命工作只有分工不同，没有高低贵贱之分，只要勤奋好学、努力工作，在后勤单位也同样有所作为。于是，孔六梅与武器装备结下了不解之缘。多年来，他无论在哪个工作岗位上，都以坚韧不拔的干劲，在艰辛的道路上走出了一片广阔的天地。

学生时代就有着较好写作基础的孔六梅，到部队后写写画画，成了军中"小秀才"。提干后，怀着对军队事业的挚爱，他开始潜心于军事学术研究。他阅读了大量当今世界上有关军事装备的知识，广泛了解外军及我军装备的发展状况，对我军武器装备工作存在的一些问题进行深入的思考，提出了自己独到的见解。为积累资料，他订阅了大量军事杂志，购买军内外书籍，家中书房已被各种资料垒满。他还写了上百万字的读书笔

文
集

149

记，精心制作了四五十本剪贴本，这都成了他工作学习的"良师益友"。孔六梅经常深入基层，注重调查研究，足迹遍及全区海岛部队、边防哨所和偏僻连队。

为了开阔工作和写作上的视野，他常常放弃节假日、周末休息时间，去图书馆查阅资料，到上海各高校听讲座，参观驻沪科研单位的高技术产品展览，拜访专家教授请教疑难问题。成功来之于不断追求的人，多年来，他在军内外省级以上报纸杂志发表学术论文 60 多篇，有些研究成果还得到上级机关的肯定和推广，作品《高科技条件下城市防卫作战装备保障问题》被《中国军事文库》选入。

多少个严寒酷暑，多少个夜深身困，孔六梅始终以事业为重，埋头工作，笔耕不辍，有不少跟他同时参军的战友已转业到地方工作，有的已在政府机关担任重要的领导职务，有的已成了资金雄厚的企业家。也有一些战友劝他早点回地方工作算了，但他丝毫不为所动。他说：是军队培养了我，我应赤心报国。

（刊载于 2001 年 1 月 2 日《台州日报》）

日岙　一座金灿灿盛满阳光的小渔村

方贵川

　　日岙与东海的浪涛贴近，就像邻居，仅隔着一条单薄而绵延的山冈。

　　清晨时分，一轮朝日从海水中蹦出后，只需几分钟就会翻过那山冈赶到了村子里，然后从村东走向村西，直至夜幕降临。有人说，日岙是一座盛满阳光的村子。也有人说，"日岙"村名，名副其实。但是，村里的老人们却知道日岙就是家谱上和史书中记载的"箬岙"。念着老地名，可依稀遇见远古时期日岙一带"箬竹丛生"的山河故地。

　　日岙有村民1500多人，其中约九成以上为孔姓后人，是玉环最早、人口最多的孔子第71—75代裔孙集聚地。村子里有农民也有渔民，还有农忙时务农和鱼汛到来时捕鱼的半农半渔者。千余年来，村民们唱着"青箬笠，绿蓑衣，斜风细雨不须归"的歌谣，过上了一段漫长的渔樵生涯。"日"与"箬"的太平话读音相近，日字读写简单，而箬字冷僻又烦琐。反正村子里再也不见了一株箬竹，一片箬叶；况且，坐北朝南的村子里一天到晚的阳光灿烂，有阳光的日子暖洋洋、喜洋洋，有阳光的日子有盼头、有奔头，于是，昨天的"箬岙"就被叫成了今天的"日岙"。

　　一条并不宽阔的通村水泥路从西边的南山村过来，至日岙村口时，像一根真力弥满的书法线条猛然加粗。舍南舍北的山隈里楼宇簇新，别墅林立，有人在蜂蜂蝶蝶的歌舞升平中，忙碌于房前屋后的瓜棚田园间，有人在老年活动室里打牌下棋、谈天说地，也有人在村子的墙角落头乘凉避

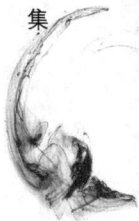

阴。村南的一条十余米宽、数百米长的河道绕村而走。河道由小溪疏浚而成，以前是一片"人在石上走、水在溪底流"的乱石滩，现在是一条清凌凌水波荡漾的清水河，两岸有青石栏杆、有纵横的小桥和金黄稻浪的长卷，远道而来的风正在认真地皴擦着秋的缤纷。

村东的"孔子文化礼堂"，占地 15 亩，投资千余万元，建成于 2016 年底，由正殿 5 间，东西偏殿各 7 间组成。粉墙红柱竖起的气势，黛色琉璃瓦盖出的清幽，仿古木格门窗展现的古朴端庄，宣示了典雅的建筑之美和厚实的人文意蕴。我曾步履轻轻地徘徊在文化礼堂的孔子雕像前——据孔氏家谱《望云堂诗序》《望云堂后序》记载：日岙孔子的第 55 代孙，为洪武年间"台州司户参军"，其兄时任直隶大名府知府，在抗击倭寇中血洒疆场……翻阅孔家史料，使我想起了一则报道：今日日岙，青年人参军报国的热情一直很高，"日岙村共有现役、转业及退伍军人 70 多人，是一座名副其实的'参军村'"。我想，日岙青年海潮般高涨的参军热情由来有自，应当与铁血男儿的家传基因密不可分，与孔老夫子向来倡扬的"治国、平天下"的家国情怀一脉相承。

偏殿是"藏书阁"和"儒学讲堂"。走进去，迎面是扑鼻的书香和琅琅书声，它勾起了我对一则陈年故事的回忆：

故事的主人公孔广德天资聪颖，记忆超常，小小年纪就会识文断字，熟谙诗文，是远远近近出了名的"神童"。慢慢地，神童孔广德的令名飞越千山万水，传进了巍峨皇宫，传到了皇上耳边，于是，引起了皇帝老儿的极大兴趣。皇上传谕，宣孔广德面圣。也许是一个云淡风轻的日子，辉煌的金殿上齐簇簇站满了文武百官，孔广德父子在值殿官的引领下来到了殿堂之上。皇帝老儿于几句平易近人的安抚过后，向小广德询问了一些诸如籍贯哪里、年岁几何之类的简单话题。皇上问得亲切温和，小广德的回答儒雅得体，一问一答间，皇上越发地来了兴致，问："你家远离京城，路途遥远，你小小年纪，是骑马来，还是坐轿来？"

"回皇上：小民不是骑马来，也不是坐轿来。"

"那是？"

"是老龙背子来！"小广德看了眼站在边上用双手搓着衣角的父亲，朗声回答如清泉出涧。

"好一个老龙背子来！"顿时，皇上龙心大悦！百官为之惊讶，朝堂之上赞叹连声。

此后，"神童"孔广德声名远播。

当年上果丽小学时，我曾把神童孔广德的故事带到了学校。有同学说，孔广德是温岭江绾人，而日昼的孔姓同学却拍拍胸脯说："日昼和江绾仅隔着一座小山包、一条小溪涧，我们是同宗共祖的一家人！"

是的，玉环日昼紧邻温岭江绾，袅袅炊烟和饭菜的清香常常在两村间互通情愫。孔宗程，是日昼的开山始祖，早在公元 965 年的某一个良辰吉日，他从温岭江绾来到了玉环日昼的青山绿水间。

孔宗程原籍福建莆田，先祖孔仲良曾任莆田县令。"些小吾曹州县吏"，七品县令虽然称不上高官大吏，可至少也是名门望族、富户人家，要是太平天下，老孔家应当是有足够的能力余荫子孙的。可天下事从来都是在"谋事在人，成事在天"的轨道间运行着，时逢五代十国的后晋五年（940 年），是唐末宋初（907 年—979 年）的大分裂、大动荡时期。"乱世英雄起四方"，福建闽王称帝，兵燹所到之处，礼崩乐坏，民不聊生，为避战乱的孔宗程随父亲和家人一起，像他的老祖宗孔夫子那样"道不通，乘桴浮于海"。

躲避战乱的步履从来都有些仓皇和急迫。避乱的人们虽然不知道奔向何处，但他们清楚，此次离家，开弓没有回头箭，再也没有了归途。于是，他们于急迫和仓皇中带上了粮食和种子，也带上了一些值钱的、有用的，和那些传之既久的老祖宗遗物——那尊高"26 厘米，重一公斤，冠后起两柱横簪，缙笏端坐，形状古穆，铸相奇妙"的"孔子铜像"，是一定要带上的。因为铜像在哪里，孔氏的正脉就在哪里。这是先人遗训。

不知是冥冥之中有神示，还是机缘巧合，抑或是海上漂泊时遇上了风浪，需要即时补给等意想不到的原因，孔家北上的脚步就停留在了一片后来叫作"江绾"的山间盆地上。"江绾"地名，很文化，我无法破译其准确意蕴，但我不止一次地想过，孔氏先人在"江绾"地名中一定是植入了

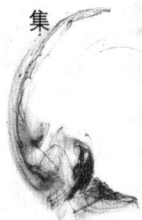

诸如安居乐业、瓜瓞绵绵等美好愿景的。毕竟是"至圣先师"的后人，哪怕历经离乱，哪怕在"人世飘零类转蓬"的患难年月，也依然时刻怀抱理想，依然一如既往地宣示其气定神闲的文化器量。

从文化礼堂出来时，我在宽敞的道坦上久久地伫立，望楼阁高耸，听鸟鸣虫唱，看环境清幽，赏风景如画。我想，这文化礼堂的建筑规模为温、台地区所罕有，它不但是一道人文景观，也是一座寻根溯源的孔氏家庙，更是一处崇学、向善的文化道场。

村道在山腰间向海边延伸。山海连接处是一片长700米，宽30余米的鹅卵石沙滩。沙滩像一张硕大的黑膜，也像是谁将千斛万斛的黑珍珠晾晒在了太阳底下，直晃得人的眼睛刺戳戳生疼。这是一座名声在外的原生态沙滩，许多游人穿着与沙滩颜色不一样的服饰，给这片黑不溜秋的沙滩抹上了几许明艳的动感。我信步走下沙滩，脚下的鹅卵石圆润光滑，大的如手掌、拳头般模样，小的似玲珑，间或有一些嫩白色的颗粒，在黑色的辉光里，闪耀着玉一样的剔透。我在沙滩上跋涉，有一份重心不稳的摇摇晃晃。摇晃时，耳闻滩头的游人中不时有笑声逸出，盖过海潮的喧嚣，萦绕在耳畔。此时，我又听到了海潮声、林涛声、鸟的鸣叫声、云声雨声太阳声与沙滩交响的声音；我又看到了山的颜色、海的颜色、花草树木的颜色和蓝天白云清风明月斑斓的颜色。

我的目光直抵遥不可及的东海苍茫处，心里想，这分明是一处看日出的好地方。有人在泰山看日出，有人在黄山看日出，有人在峨眉山巅看日出，名人们在名山高山上看日出后，留下了许多名篇："日上，正赤如丹，下有红光，动摇承之。或曰，此东海也。"这是清代大家姚鼐的散文佳作，给我以登泰山看"晓日腾云"时的惊艳。但那些日出几乎都是借助地势垫高身段居高临下的景致，唯日岙后沙的日出是淋漓在海平面上的惊艳。在海平面上看日出，眼巴巴看得见太阳顶破锦缎般海水时的新生之美和旭日初升时扶摇而上直冲苍穹时的磅礴升腾之美，像婴孩降生，既神圣又壮观。

从海水中升起的太阳，每一天都是簇崭新的，日岙的每一个角落里都盛满了这样的阳光。

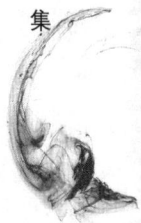

郑建民

浙江省书法家协会会员

仙居县老年书画研究会理事

婉约的日岙山海

王祖青

中国的村庄，以岙命名的有很多，或以方位，或以山形，或以特产，或以族姓，而以日为名者，鲜有所闻。日，太阳也，岙，山环之地，日岙，一个太阳最早升起的村落。这名字好，好就好在，走在这样的村子里，有一种温暖的感觉。

我因为做了货郎，这些年，与好几家日岙人结成了生意伙伴和朋友的。今天，一位船老大约我大清早的送几袋船用手套到他家，说是他的船队今早就要出海打鱼，急用。于是，我只得起了个早，跨越半个玉环，来到位于玉环最北边的这个小村子。

交货后，我站在村口路边小憩。抬头，就看见一片霞从东边的山岗上向我走过来。

霞是会走的，而且走得很快。它很快就让周边的村居、山上的草木、路边的香樟，还有孑然一身的我，染上了琥珀色。未几，霞变成了光，山岗上的一轮红日，已经喷薄而出，沐浴了我的全身。

和煦的风，伴着淡淡的雾，还有万千霞光，在沾满露水的青青草地上曼妙地走着。旷野清新，岚烟曼妙，脚步情不自禁地从宽阔的村道，轻轻地滑向不远处清幽的溪边。小溪清澈，游鱼自在，围着青石栏杆的环溪游步道，向着远方的山尽头伸展。

站在水闸边，在水之湄，一只白鹭在水草地里悠然徜徉，看见我来，瞟我一眼，然后轻轻飞起，离我而去。我的目光从着飞高的白鹭仰望，我，白鹭，还有东山头那一轮刚刚升起的红日，刚好走在一条直线上。那白鹭就像一只镀着金边的吉祥鸟，它飞过田野，飞过幢幢新居，飞向太阳底下那片茂密的丛林。

走在静谧的游步道上，杨柳依依，影子在曦光下飘忽，有雀鸟在菜畦或草丛间惊飞，菜花、桃花、梨花一路相映相随。望着四周逶迤起伏的山峦和山峦下那一座座新楼，一幢幢别墅，思绪返溯，时光倒流，关于日岙的一些人，一些事，如胶片再洗，记忆怀旧，令人感叹生活的嬗变和岁月的沧桑仿佛就在眨眼间。

闻说日岙，缘于三十多年前相识的一个来自日岙村的孔姓女孩。那时我和她，都青春年少，怀揣梦想一起去玉环的一所乡中学代课教书。记得那时我曾问她，你姓孔，与孔子有关系吗？她说，他们村百分之九十的人都姓孔，还真的就是孔子后裔。她说他们村人崇尚读书，耕读传家最受人尊重。后来她还告诉我，说她们村就在海边，海边有个黑沙滩很漂亮。活泼开朗的她，说想请我去她们村的海边沙滩玩。于是，在我心里一直向往并挂念着从没去过的日岙，可惜却一直没有践行。一年后，我们各奔东西，从此便失去了联系。待后来身临其村时，已人到中年，为生活所迫，早没了儿女情长的念想。

这是江南滨海地区最常见的村落，十多年前，当初次与它见面时，日岙给人有如孟浩然《过故人庄》"故人具鸡黍，邀我至田家。绿树村边合，青山郭外斜"的感觉。而当渐渐与日岙村民们接触加深了后，日岙人热情好客、淳朴善良、憨厚诚实的民风，真想和他们一起"开轩面场圃，把酒话桑麻。待到重阳日，还来就菊花"。

三山环抱，一水西流的日岙，东山岭外便是浩瀚的东海，所以农耕和牧海，是千百年来许多日岙家庭赖以生存的双重职业，且一直延续至今。粮在田地里刨，钱从海水里捞，现在，勤劳的日岙人，靠着双手把日子过成小康。

也许缘分未尽，后来的日子里，在日岙，我还是碰到久违了的孔姓女

孩，只是此时的她，已经是人妻人母。丈夫是自己的青梅竹马，担当着村委会干部的重任。儿子参军，军校毕业后，如今是现役中尉。家里与人合股，建有远洋捕捞渔船，有车有房，日子如蜜。笑意常在的她，依然活泼。她说自己现在是全职太太，闲时在家看看书，种种花，打打小麻将，悠然自得。

整整洁洁的家，干干净净的人，一园四季常开的花，幸福都写在这些上面。

由于我惦记着车没有上锁，于是便从游步道中途跨过石拱小桥折回停车处。此时，迎面走来一位须眉花白的晨练老者，擦身而过时，我笑笑，他也笑笑。可走没几步，老者回过头问：人客，这么早，哪里来？我说大爷，我从楚门来，我看这儿景致不错，进来走走。大爷说，这游步道刚建好不久，原先是一条杂草丛生、倒满垃圾、养满鸡鸭的臭水沟。哦，我说现在的农村，都改建得很好，既整洁又漂亮。大爷点点头，他说一年一个样。接着他又问我，前面的孔子文化礼堂和山那边的黑沙滩去过吗？我说我前些年去过。他说现在汽车已经可以开到山岗那边了。我说是吗，那我现在就想去看看。

一问一答，老者与我仿佛很是世故，更像旧时熟人。

告别老者，我发动汽车，朝着东面不远处的山岗奔驰而去。

沿着山路，果然一脚油门，汽车便爬上山顶，很快便到了反山的半山腰。

原来路还没修到海边。

静，静得有些冷清和孤寂。整个半边山上，不见一个人影。

下车。聆听。

跟海风一起从松针上滑过来的，还有天籁般的海涛声。

哗——轰——哗——轰——

潮水一波又一波，拨动着我的心弦。我看到了浩瀚的海。海在脚下的不远处，卷着浪，涌着潮。

太阳已经升得老高，橘红的云彩像画布，铺陈在海天连接处。海面上，闪着波光，一片片，一道道，耀着眼。

走过一小段山路，脚下山崖陡峭起来，视野却顿时开阔，隔海相望的石塘渔村和几个不知名的小岛，隐约在霞光和淡雾里。我拿出手机，将眼前的那片浩瀚的海，海边宽广无垠的黑沙滩，沙滩上涌动着的浪花，还有海面上泊着的几艘小船，一张一张地记录下来。

其实，这些美丽的画面，以前好几次到这里游玩时，我都曾用单反相机拍摄过，且一直珍藏在电脑里。

深深地吸一口气，山岚伴着海腥，唤起记忆深处的柔软，阳光、沙滩、海浪、鸥鸟、鹅卵石、老渔船……依旧的景致，你们咋这么让人百看不厌。

记得有个夏天，我和市文联一班人一起到这里采风。我们好几个胆大调皮的男人，一起走进翻滚着的海浪里嬉戏。前浪刚从我们脚下冲上岸边摔得粉身碎骨，后浪就又一个劲地冲了上来，它们真是奋不顾身，死而后已。有句话叫："后浪推前浪，前浪倒在沙滩上。"说得不错。

我讨厌这推波助澜的风。

我怜悯不知疲倦的浪。

记得回来时，我带了好几颗大小不一青花瓷般的小石头，把它们放进写字台上养着文竹的花盆里。其时，从不写诗的我，脑子里蹦出几句关于鹅卵石的分行。现在，我把它抄下来，大胆地分享给大家，只是恳请诗人们别笑：

我是一颗小小的石卵

我在海浪中活过千万年

每一天，总在潮起潮落中徘徊

风雨荡涤

我庆幸自己从山坎身处滚落大海

重见天日

千万次的轻吻

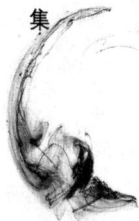

海浪已经吻去我期待的触角

是你从退去潮水的沟壑中走来

你赤脚丈量我的沧桑

你用温暖的手

握住我寂寞清凉

我以为我从此将获得新生

不想，却跟你走向死亡

阳光氤染下五彩斑斓的沙滩，你是大自然鬼斧神工的杰作。

我不断地惊叹，也只有惊叹。

前些日，听说日岙村早就黑沙滩和开发商进行洽谈，十多亿的投资，将用于景点的基础设施建设。也许不远的将来，这"养在深闺人未识"的黑沙滩，终将山海同辉、名闻天下。

虽然喜欢独行，可今天，面对这空空荡荡、摄人心魄的原始之地，我心有戚戚，竟然心生"独怆然而涕下"的情怀，于是，我不敢一个人冒昧地撞进这幽静的海滩深处，去独享奢华，所以，我只能选择折回。折回的我，将车停在东山脚下孔子文化礼堂前的广场上，一个人，默默地走进飞檐斗拱、画栋雕梁，古典而富有儒家文化气息的文化礼堂。

我站在天井，屏息景仰。

景仰圣人。

景仰那"博学笃志中庸治世，切问静思大道修身"。

景仰一个小山村，竟然有如此大的手笔。

想从曲阜到江南，到滨海的日岙，从孔庙到孔子文化礼堂，几度风雨，几度春秋，儒家的一脉，在这天涯海角开枝散叶，繁衍生息，让"务实、守信、崇学、向善"的孔家的遗训，在这里得以传承发展，岂不幸哉。又想，此地远离工厂、民宅，且山境清幽，视野开阔，况周遭鸟语花香，绿意盎然，若能在此读书修身，岂不美哉。

只可叹自己无此修为。

门锁着，我却在绕梁间仿佛听到"有朋自远方来，不亦乐乎"的吟诵。

记得那是前年吧，我代表《曲桥》杂志社参加市文联、作协发起的送书下乡活动来到这里。当送书仪式结束后，我们在论语讲堂，听到一屋子穿着汉服的小朋友在老师的带领下，抑扬顿挫地朗读"三人行，必有我师焉""温故而知新，可以为师矣"等朗朗入耳的论语名句。我想，这片延续着圣人血脉，浸润着儒家文化思想的清幽之地，有着山海的婉约，它恬静而浓烈，如一坛陈年老酒，醇厚，绵长。

室雅蘭香

应光刘

浙江省书法家协会会员

仙居县老年书画研究会会长

日岙村的前世今生

蒋慧君

在玉环市沙门镇，有这样一个村，退役军人和现役军人的数量占全村总人口的 5%，这就是位于沙门镇东北部的日岙村。

阳春三月，正值万物复苏、花红柳绿之际，我沿着宽敞的水泥村道，开着车子朝日岙村黄泥岗脚下的孔子文化礼堂驶去。途中，草青树翠，蜂飞蝶舞，一大片油菜花竞相怒放于田野之上，好一派宜人的田园风光。

仿古木格门窗，形似飞鸟展翅的屋檐，黛色的琉璃瓦，古朴清雅的孔子文化礼堂以这样的造型跃入眼帘。日岙村党支部书记孔宪辉站在洒落一地阳光的礼堂广场上，微笑着招呼我们。

"据史料记载，我们村的孔子后裔属太平孔裔三支，江绾 45 代孔延集支后裔。而孔延集次子孔宗程则于 965 年从江绾迁居日岙，从此在这里开枝散叶，繁衍生息，至今约有 1040 多年历史。"听到笔者说明来意，孔宪辉侃侃而谈。

据孔宪辉介绍，孔子第 55 代后人孔克徵，洪武年间在台州任司户参军，因寇乱卒于官。永乐十二年（1415 年），孔克徵兄弟孔克庸时任直隶大名府知府。因身负王命，在与倭寇的战斗中，他深明大义，舍小家顾大家，连父母亡故都未能回乡探望。

"在战场上，孔克庸浴血奋战，英勇杀敌，直至血洒疆场，为国捐躯。一直以来，他是我们孔氏家族中口口相传的先辈英雄。"孔宪辉陷入对历

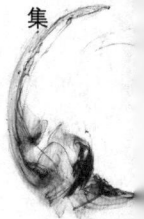

史的回望中，神情间满是景仰。

如今的日岙村，有 90% 以上的村民为孔子 71 至 75 代后人。

日岙村的孔子文化礼堂，由儒学堂、文化礼堂、论语堂三部分组成。在礼堂主楼的儒学堂内，孔子雕像摆在大堂的正中间。四周墙面上，悬挂着孔子十大弟子的画像及有关孔子故事的画作。大堂栋梁两旁写着赞美孔子的对联："博学笃志中庸治世，切问静思大道修身。" 2500 年来，从春秋时代的"学礼诗"到明代的《孔氏祖训箴规》，孔氏祖训积淀了中华民族优良的道德传统，一直是孔氏族人的行为指南和道德范本，为家族的生生不息、发展壮大提供了强大的精神支撑和不断前行的动力。

拾步走进文化礼堂，"务实、守信、崇学、向善"八个大字尤为醒目。悬挂"儒学堂""论语讲堂""论语楼"的匾额下，曾国藩、康有为、朱熹等 50 多位历代儒家代表人物以及"孝感动天""啮指痛心""扇枕温衾"等"二十四孝"图文一一上墙。除了集弘扬儒家文化、加强道德建设、普及知识技能、开展文体娱乐活动于一体，村两委还从实际出发，坚持走"基本+特色"路线，切实将国防教育内容融入礼堂整体建设之中，使孔子文化礼堂逐渐成为国防教育的前沿阵地，国防宣传的绝佳平台。

有着两层建筑的论语堂，一层为藏书阁和儒学讲堂。藏书阁内，有着精美雕花的木质拱门，上下错落的书架，古朴之余散发着淡淡书香，书架上依次摆放着《解放军报》《中国国防报》《中国民兵》等报刊。"我们订阅这些报刊，力求润物无声，在适龄青年中深植爱国爱军理念，为年度征兵工作打下坚实基础。"沙门镇专武干部如是说。

拾级而上，二楼楼梯口的墙面上，"日出东海朝曦耀福地，岙立海旁儒风润乡村"的对联张贴两旁，横批"我们是一家人"。短短 24 个字，诠释了日岙村的村情村貌。墙上的村民笑脸照，如微风拂面，直抵人心。

村史廊，氏族廊，风采廊，敬老廊，旅游廊，民俗廊，革命廊，国防廊……沙门镇的孔子文化礼堂，已远远超过上级要求的农村文化礼堂"五廊"建设的目标要求，内容涵盖全村的方方面面，光是浏览一遍，便能"窥一斑而知全豹"，对全村的各项事业发展有了一定的了解和认知。

古语说：百善孝为先。在先祖孔子的影响下，儒家孝道文化已渗透进日岙村祖祖辈辈的生活日常与行为习惯中，他们遵循"大孝治国，中孝治企，小孝治家"的理念，心怀感恩忠孝仁爱，有责任，有担当，有着强烈的爱国、爱军和爱家情怀。

日岙村男孩多，是个兵源十分充足的地方。因从小受孔氏祖训浸润，日岙男儿更是个个向往军营，志在国防。在这里，"一人参军，全家光荣"不再是一句动员口号，而是适龄青年自发自愿的一种行为。人杰地灵的日岙村，每年输送的优秀生和合格兵员均列沙门镇之首，因此成为人们口中的"参军村"。

日岙村不仅军人多，民兵组织也是相当活跃。早在 1944 年，日寇侵犯当时的桐丽乡（现沙门镇），曾被当地民兵分队英勇击退。1949 年，盘踞在玉环披山岛屿上的国民党残余势力仍伺机反扑，对我沿海进行侵犯，抢劫人民财产。日岙民兵同仇敌忾，团结一致对抗敌人。1950 年，解放军某团 8 连进驻沙门后，在日岙村小沙岗至台山头、南山后山、安人后山一带建造起重要的军事基地，修建了 2 公里的战壕，修筑了明堡暗堡各 3 个，建起民兵房 3 间，作为防御敌人的侦察前哨，进攻鸡山岛、洋屿岛、大小鹿岛的前沿阵地。在此过程中，日岙民兵队冒着生命危险为部队传递情报，掩护伤员脱险，担负起站岗放哨的重任，并积极投身到挖掘战壕、修筑防御工事中，为玉环的全面解放贡献力量。

1998 年，原南京军区在玉环组织开展民船动员演练，日岙村受领渔船动员任务近 20 艘。彼时，村中船老大纷纷请命，形成了"僧多粥少"的局面，令村两委一时难以抉择，最终想出以"抓阄"的方式来决定出海船只。在此后的民兵演练中，"抓阄"模式继续胜行。"大家参与演练的积极性特别高，没领到任务的船老大还十分不乐意呢。"孔宪辉乐呵呵地说。

正值春季征兵之际，日岙青年踊跃报名，积极应征，他们期待在部队的大熔炉中锻炼成才，实现自己的人生价值，继续为祖国、为家乡，书写时代新篇章。

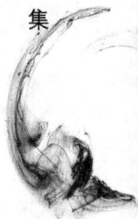

文集

165

日岙后沙，赶海捉螺去

郑海泓

"五一"劳动节假日，我们一家大小来到了日岙后沙赶海捉螺。

日岙后沙是我童年里熟悉的故乡地界，那是老家瑶坑和外婆家南山的邻村。小时候，我常常随外婆和阿姨们去后沙看海、拾鹅卵石。最后一次去后沙也快十年了，记忆中走的是崎岖的山路，一路杂草丛生，披荆斩棘地翻过一座山才看到那一片海。

这回从老家出发，开着车 5 分钟不到就来到了山脚下，一路都是笔直平坦的水泥路，路边坐落着一幢幢新颖别致的农家别墅。我还正在纳闷着如何寻找记忆中的山野小路，远远的却见前方绕山路上停着长龙一样的私家车。原来，曾经那个"藏在深闺人未识"的黑沙滩成了人们最想看、最想去远方追逐的风景。

我们只好把车停在山脚，带上赶海工具步行上去，一路上迎面走来的大都是陪着孩子来看海玩沙的本地人，间或有一些说着不是本地方言的外来游客。三五成群，一路说笑的大人小孩们，真是络绎不绝。因为疫情反扑，长假不可远游，自然家门口的海就成了大家游玩的风景地了。我不由地加快脚步往前走。一翻过山岭就看到一块指示牌：大沙滩，小沙滩。

午后一点多的阳光十分灿烂，春风拂面，扑鼻而来的是海的味道，耳边响起的是惊涛拍岸的声音，眼前看到的是黑卵石的沙滩。阳光、沙滩、海浪、帆船，还有嬉戏的人们，一切都是那么熟悉。此时，正逢退潮，不远处的海边，大大小小的礁石上，许多人弯着身子在礁石上捉海螺，打簸，撬牡蛎。因为每一次潮起潮落，潜在水面下的海螺们总会爬上礁石。

我们一行大人小孩 10 来个在小沙滩汇合。大沙滩游玩的人多，还有机器工作的忙碌声音。听家人说起，这里的一片黑沙滩正和开发商进行洽谈，十多亿的投资，将用于日岙后沙景点的基础设施建设，记忆中这个婉约的叫日岙后沙的小山村，正踏着美丽乡村建设的春风，美好的前景指日可待了。

从一点多开始退潮了，此时下沙滩去比较安全。大人捉海螺，小孩们玩沙子，也可以在礁石上坐着，静静地听涛声，看潮起潮落。

退潮后的礁石间，我们边走边搜寻海螺。前面有好多个戴着凉帽提着篮子的海边阿婆，她们熟练的撬着礁石上的牡蛎，一撬一个准，篮子里装牡蛎的小碗也快溢出来了，看得我们心生羡慕。第一次来赶海的儿子对这一切都很好奇，拿起小撬学着那些阿婆的样子，有模有样的撬起牡蛎，可总找不到撬开的缝隙，那笨拙的姿势惹得我们哈哈大笑。一位可亲的阿婆很热情地给我们作示范动作，指导着要手握小撬，照着牡蛎壳的纹路撬开。虽然动作生疏，但慢慢地我们也能琢磨出一点技巧。

辣螺喜欢栖息在裸露的礁石的缝隙里。若翻开一块半边浸在海水里的石头，底下也会遇见一窝辣螺。瞧，大概有五六个吧。有了第一份惊喜，我们特别高兴，捡螺入篮子，美好的心情就像眼前的潮水一样荡漾开来。

一路过来，簸是我们见得最多的生物，几乎大大小小的礁石上都有，一簸簸地长在那里。这小东西是我们海边人桌上的家常餐了，味道也鲜美。除了簸，牡蛎也不少。见几个本地游客竟然现撬现吃，还不时称赞味道鲜美！靠海吃海，这些礁岩上的生物，像芝麻螺、辣螺、马蹄螺等，我们海边人都吃过。

我不由想起童年时在外婆家的日子，外公是"推虾能手"，在农闲时节，他常常会带上推虾工具去后门山推虾。他都会满载而归，拖桶里常有捕捞到的鱼虾。外婆也是撬牡蛎高手，一有闲，她常常系个围裙，挎着一个竹篮子，带上小撬和一个小碗去家后门山的海边撬牡蛎。每个月半节，

文集

锡饼大餐中牡蛎饼总是少不了的一道美食。外婆现撬的牡蛎用清水洗过，裹上面糊，加上不同的配菜，放油锅里一炸，那"滋滋滋"冒出的香气。至今回想，那种糯糯的软软的香香的口感，是一种无法形容的怦然心动，更是记忆深处外婆家的温暖味。

下午三点半多，完全退潮了，沙滩完全可见。原本隔着礁石的捉螺人如海边的海螺一样冒出来。咱家的赶海高手小表弟全副武装，竟然翻山涉水到一巨岩旁，那是一处无人扫荡的礁石，海螺随手可取，还有大鸡窝螺，簇王等。他可是今天赶海捉螺的大功臣！

我们只在礁石间攀上爬下地折腾，寻觅着猎物，收获实在是微乎其微。孩子的手在撬牡蛎时不知怎么划了一道痕，我的手在岩缝抓螺时也划的一二条痕。突然，在岩缝间看到一只爬动的小螃蟹，一惊喜，脚下一滑，一不小心摔了一跌，潮水一涌上来，又一个不留神，一只鞋子踩在海水里了。这个赶海捉螺还真不是容易的活！

快到下午四点时，潮水开始涨起来了，拍打着海岸，我们匆匆别过日岙后沙。大家虽然感觉有点累了，但瞅瞅桶里的战利品，便又雀跃起来——晚上家人闲坐，可以尽享海螺大餐啦！

赶海是一种快乐，是一种放松，是一种亲近大海的美好方式，更是咱们海边人的一种生活手段。闲暇时，回老家的日岙后沙赶海去，享享捉螺的乐趣吧！

家和萬事興

郑建民

浙江省书法家协会会员

仙居县老年书画研究会理事

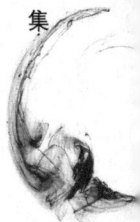

我和父亲的约定

孔婉婷

咱老家的小山村筑起了黑瓦白墙，穗麦挂着银珠，绿碧中嵌着珍白。好一派生机盎然的景象，它们细心地为我们讲述着父辈们的执着和心愿。

夏夜，电话铃的声响回荡在书房。"喂！爸爸，我跟你说，我今天在电视上看到你了！"捧着电话的孩子激动地手舞足蹈，一系列的专业名词在孩子的嘴中滔滔说来。手握电话的孩子便是我，我所惊叹的即是父亲的伟大事业。

父亲本是一个环保设备制作者，可最近几年却突然地有了些小名气，经常在电视上露脸。每当我好奇地问起他在做什么时，他总是淡淡地一句："没什么的，爸爸只是在为乡村服务。"我的老家在沙门日岙村，每每回老家时，他便常常跑村主任的办公室。摆摆山村图，圈标特殊点。在地图上留下一大串黑字后，挥舞着双手对着村主任娓娓道来。虽不知父亲每回和村主任议论着什么，但不知是巧合还是什么，伴随着父亲的次次回村，门漆渐浅了，乡景渐净了。前几次被父亲圈画的河流整顿了，淌出的不再是污废水而是涓涓细流，池塘边不时有垂钓的人们，鱼群更是在池塘中畅游。

仍记儿时那间全是粗糙石块搭起的茅屋，房顶盖着茅草，石缝间砌着稀泥。乍一看像是经不起风吹，实际上却是经不起雨淋。俗话有言："外面下大雨，里面下小雨。"而最近，这种塌败的老房子拆了重修，拔地而起的是清一色的黑瓦白墙，清新大气也不失朴实。

后来，我才知道父亲在搞全国乡村振兴事业。父亲误打误撞地在环保设备的建造中加入了小康建设。他奔着助乡村振兴发展一臂力而去，逐渐开始进一步投入工作。父亲带着他的全国乡村振兴慈善协作团队，常年在外奔走，黄河的沙，污河的水，腐木的楼在团队多年的共同努力下，全国的乡村徐徐进步，渐渐变美。

每每回家，父亲总会望着家乡的树林清流，开怀大笑。"爸，你是不是在搞乡村振兴建设？我都知道了。"时光回到现在，我扯着嗓门兴奋地对着座机吼着。"长大了呢，这都被你猜到啦。"紧接着一句郑重且回荡心潮的话，从父亲爽朗的笑声中传来，只听电话那边的他清清嗓子道："好好读书，孩子，咱们都是农村人，老一辈的心愿可不能忘！知道是什么吗？"

是什么？是为乡村振兴服务！又是一阵风，吹拂了檐边的红巾，飘扬的红巾缠绕着已褪色的金色号角。那是红色的过往。就让这些回忆与往事浸入乡村如今的碧绿，浸润它们的将会是未来的美好。

"一起油！"

"好！"

一对父女的约定镶刻在夏夜的时间里，种子在萌发，家风在传承，时代在进步。希望这颗满载美好的种子成为我成长中最炫丽的一笔。

老家的鹅卵石

孔菊芬

　　我一直觉得，我的老家沙门日岙村是一个很神异的地方。

　　神异之一，当然是我们村庄的名字了。"日岙"，意为太阳升起的山岙。的确，日岙村位于东海之滨，我们玉环的正东偏北的海岸线上，我们的祖先早就发现了大自然赋予我们这个村庄的得天独厚的自然条件——每天旭日东升时分，我们村总是最先领受第一缕阳光的地方——于是给我们这个小村冠名为"日岙"。每次念及"日岙"这个名字，都感觉"日"这个大家伙好像就一直住在我们村似的，我的老家也是太阳的老家啊！

　　神异之二，是关于我们村的神秘传说。我们全村一千多人口，几乎全姓孔，少数几户不姓孔的，大多是后来从外村"移民"过来的。孩提时的我一度以为天下孔姓人全住在我们村，进学后才知道咱中国有个"大孔"，我们孔家的老祖宗孔子的老家是山东曲阜，并不是我们这个小小的村落，于是常常感到失落，总觉得孔子他老人家"沾了我们村的光"。明理后，我才知晓，其实是我们村沾了孔子他老人家的光。我曾无数次问过村里的老人："都说天下孔姓是一家，那我们为何没有生活在山东孔家？"得来的答案却没有定论，大体是说当年孔家遭难（至于什么原因不知），孔子的第三个儿子逃难至此，因膝盖受伤，无法继续奔走，就在这儿停留下来，后来看我们这儿与他山东老家有几分相似，于是便长住于此繁衍生息，就有了现在的日岙村。对于这个说法，读书后的我知晓，这是一个"善意的谎言"，孔子哪有什么第三个儿子啊？也许只是孔子后代的哪一房的第三个儿子吧。反正，我们村祖庙里供奉的祖先像就是这么传说着，而且塑像的左膝盖上还真有一个洞，据说是当年那个伤病的见证。父亲在世时，常对家里的孩子们说："咱和山东的孔氏原本是一家人的，我们孔家原本是诗书之家，孔家子弟都应继承孔家家传，好好读书。"记得幼稚的我好几次曾问过父亲同一个问题："您为什么没有继承孔家家传？咱村为什么没有你说的读书人？"每次听到我的提问，父亲总是微微皱起眉头，向着村东头那个每日能最先见到太阳升起的山头轻轻地叹气，像是自言自语又像是对我说："那是我们离开山东老家太久了……我们村太偏太穷了，我们读不起书……我们早忘记读书的好处了……"记忆中，那时的我是不太明白父亲的叹息的，但1987年的那个夏天，当家中长兄接到了全国重点大学录取通知书时，全村乃至全乡都轰动一时，父亲的脸上才绽开了难得一见的笑容。我记得父亲把长兄长姐和我带到祖庙的祖先像前，让我们跪地叩拜祖先，感谢祖宗让长兄考上大学，同时也祈求祖先继续保佑我们姐妹俩也能考上大学。也许是堂上的祖先真领受了父亲的虔诚，我们姐俩虽没有长兄那般有出息，也相继考上了师范大学。从此，父亲到死脸上都是笑呵呵的，每次新接待外乡来客，总是骄傲地说："我们是孔子的后代，我们家有读书人。"但是，我们村依然缺读书人……

神异之三，当数我们村的宝贝了——沙滩上的鹅卵石。也许大家会说，这鹅卵石哪儿没有，有什么好宝贝的？别急，就请跟着我一起到沙滩上走走吧。我们日岙村是一个滨海的小渔村，自然离不了大海，也少不了沙滩了。现在，请你跟着小时的我，从村口沿着一条仄仄弯弯的泥路往村东南方的小山包走去吧，这一路上除了能见到几方小田小地及它们身上长的稻麦菜草外，几乎没有什么可看的景色，也许你会觉得失望，这前方会有沙滩吗？连个大海的影子也见不到啊。但是，请别急，我们先蓄力翻过眼前的小山包吧。小山包不高，但从底下往上走，也不那么省力，不过走个十来分钟，咱们都一定能站到那山包的最高处了，请别因为累了就急着找个地坐下来，你听，是什么声响？"呜呜——哇哇——哗哗——"一阵

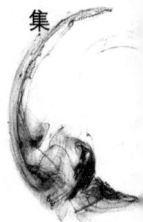

阵蓄积着巨大力量的雄壮天籁会突然扑进你的耳膜，震得你惊愕得猛抬头眺望。刹那间，你的双眸会被无垠的一大片白色海域晃得睁不开眼，旋即你会怀疑你自己是否已来到另一片天地。小时的我最喜欢在这小山包顶上驻足停留，居高临下俯瞰着不远处的大海，领受着那雄壮的波涛之乐。随后，我会飞一般地扑向那个不远处的沙滩，你可要提醒自己，一定要跟上我的节奏哦，否则，你就感受不到那身轻如燕的感觉了。对了，我忘了你是第一次来，你一定"飞不起来"，因为，你很快就会被眼前看到的一切镇住了，并且也颠覆了你对沙滩的所有认识。从你脚下站着的这条石子路往下往前看吧，你是否看到了一片弯弯长长、似黑非灰的天地从你脚下蔓延向海岸的另一边而去，而你的肉眼几乎望不到尽头？这便是我们村的沙滩了。你会很惊诧：沙滩？那金色的沙子呢？这便是我们村沙滩最神异的地方了，那沙滩上躺着的，并不是你熟悉的金黄的沙粒，而是不计其数的神奇的鹅卵石，它们大小不一，形状也千奇百怪，有的浑圆浑圆的真是像蛋卵，有的四棱五角像八爪鱼，更有像小兔、小狗之类的小动物状。这些形状当然是它们常年洗海水澡带来的惊喜了。它们每日被没有污染的海水清洗着，颗颗洁净，粒粒精美。你一定会奇怪为什么这些鹅卵石一眼看去是黑灰的，其实是你的眼睛欺骗了你，只因你现在还没把双脚落在它们身上，只在远望它们罢了。你跟着我慢慢地下到它们这儿来，你看到了吧，它们大多非黑色，而是一种是灰不灰，是白非白的淡雅色彩，像极了中国水墨画的底色。当你放眼望去时，仿佛有一个神异的画家正拿起一支巨大无比的画笔，拖开了一片长长的墨带，无数的淡灰淡白在你眼前晕开，一张神异的图画便一览无余地呈现在你眼前。然后你蹲下来或坐下来，再凝神细看，你一定会看见这淡灰淡白的底色上闪烁着无数亮闪的异光，若把这些亮光放大开来，一定像极了暗夜中的星光。想知道这是什么怪异现象吗？其实啊，这些灰灰白白的鹅卵石中掺杂了无数细小的石英石，这些奇异的亮光便是从它们身上闪出的。你要是在一个晴朗无比的中午来这儿，正午强烈的阳光照射着它们，它们便五光十色地妖娆起来，让你大饱眼福。见惯了被金色沙粒占据的沙滩，再看一看这神奇的童话般的鹅卵石沙滩，你一定不虚此行。

　　小时候，这一片天地便是我的领地，从我记事起，我所有的闲暇时光几乎全耗在了这儿。入学前，我所有关于童年的记忆几乎全与这鹅卵石沙滩有关。特别是夏天，每天一大早起床吃过早饭后，便借着打猪草的名头，呼上三五小友跑到这儿，把装猪草的篮子一扔，便扑向了鹅卵石兄弟的怀抱：坐着、爬着、滚着，为此，我们常常滚破了衣裤。为了不招来父母的打骂，有时干脆就脱了外衣外裤，任稚嫩的肌肤与鹅卵石兄弟姐妹光滑的表面零距离摩擦、戏耍，鹅卵石身上带着咸味的淡淡清香浸润着我们幼小的身躯，恍惚中，我们仿佛成了鹅卵石们的精灵。滚累了，我们便躺下来，美美地睡上一觉。睡醒起身，便忘乎所以地追逐着浪花，随手抓起一把把鹅卵石，把它们扔向大海，又欢呼着海浪把它们一个个送回到我们脚边。这个游戏也让我们明白了，这些可爱的伙伴们他们的神秘来源，原来，是大海把它们送到了我们这儿，它们是大海的孩子，我们也是。

　　当然，我还有一个小秘密要分享给大家。每当我一个人来到沙滩上，我最喜欢玩的便是沙滩寻宝。寻宝？这沙滩上有什么宝？你一定很好奇吧！好吧，不难为你了，我要找的宝贝便是——雨花石。不记得是因为什么，我忽然得到了这样了一个神异的消息，说凡是鹅卵石沙滩，一定会有雨花石隐藏其中，若能得到一颗雨花石，便能许下所有想实现的愿望，这颗雨花石便能帮我美梦成真。童年的我其貌不扬，但脑瓜子都转得飞快，脑子里总不时冒出神异的想法来，比如，我想去天上走走，去会会牛郎和七仙女，我还想去龙宫看看，见见龙王和龙太子长什么样，我更想让自己能见见那个传说中的我们村的祖先，问问他，为什么在老家是读书人，到了这儿却以捕鱼为生，还让我们祖祖辈辈都以此为生……因此啊，自从得知这沙滩上也有可能有雨花石这个消息后，我是兴奋得不得了，一有"空闲"便往这儿跑，流连在沙滩不知回家，有好几次，累了在沙滩上睡着了，天黑了才被母亲从鹅卵石堆中扒回，回家又少不了一顿挨打。雨花石终究是没有寻回，但家中却多了许许多多生动有趣的各种造型的石头，摆满了我的小床和小桌子。母亲好几次打理我的小房间时想把它们扔出去，

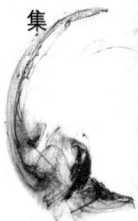

但都被我救命似的救了回来。直到今天，每次去滩上走走，总习惯带回几块石头，现如今也摆满了自家中的书柜书桌。只是很遗憾，我童年时搜罗的宝贝终究被母亲趁我外出读书时不知扔在了何处，再也寻不回来。

但有一块鹅卵石是我从童年里带出来的，一直伴我左右。那年我考上了省重点中学，临去学校读书前，父亲忽然变戏法似的从口袋里拿出一块石头递给我，深情地对我说："阿芬，你最喜欢咱村沙滩上的石头，就带一块在身边吧，想家时看看这块石头……下次回家时一起带回来。"我十分狐疑父亲的举动，但看到手上的这块精美的石头，立马就爱不释手了，那是块金黄灿烂的石头，那色彩是我玩过的石头中所没有见过的，最重要的是，那石头不大，却布满了密密麻麻的晶状透明的物体，还会闪闪发光，好看极了。这绝不是一块普通的鹅卵石，我忙问父亲哪儿得来的。父亲却羞赧地笑了："是我小时候在海边玩耍时拾来的……我一直藏在箱子里忘了，前天刚翻出来，你喜欢石头，就送给你吧。"原来，我这爱石头的癖好是遗传了父亲的，我笑了。"你们父女俩啊，真是没出息，这些石头有什么好迷的。"母亲在一旁很不理解地嘟囔着。父亲不理母亲，从我手中拿过这块奇石，指着那石头上的晶状发光物对我说："这可不是一块普通的石头，这是已经发育成熟的石英矿石，是从我们海边的山上滚落到海滩上，被海水冲刷多时后才形成这个形状，老爸当年得到时视若珍宝，一直希望自己有一天能像这颗石头一样能发光，可惜我一辈子没读过多少书，一直没机会发光，你们兄妹现在可有出息了，你们要向它一样发光哦!"老爸说这些话时眼光如石头上的光亮一般闪烁，那光亮也闪进了我的记忆深处。只是好遗憾好遗憾，当我大学毕业带着这块石头走上工作岗位不到两年时间，老爸竟英年早逝，从此，我的石头也被我像当年的老爸一样藏到了箱子和心灵深处。

后来，我结婚外嫁他乡，老家的鹅卵石也早已淡出了我的生活。由于工作的忙碌和家庭的牵绊，老家也很少被我光顾，但偶尔得来的关于老家沙滩和鹅卵石的消息几度让我牵肠挂肚，一会儿说沙滩好脏好脏、被白色垃圾污染得不成样子；一会又说那些鹅卵石被人偷卖了很多很多，都快要绝亡了；一会儿又说新任村支书发动全村老少上沙滩捡垃圾，并下令不准再外卖鹅卵石，否则按村规严惩……当这些消息纷至沓来，前年，在异乡的步行街头，我却见到久违的老家的鹅卵石，我一眼就认出来它们，就如同亲人一般，它们身上的气息是一直转悠在我梦里的气息，我怎能认不出它们。只是，它们躺在异乡的街头，没有了老家海水的滋润，是那样的干燥苍白，原来它们身上闪烁的光芒早已被无数纷乱的脚印踩得支离破碎。我可怜的儿时伙伴，竟和我一般沦为异乡的漂泊者，我的心揪得好痛。于是，我再也静不下心来，我"疯"了一般匆匆回了老家，匆匆冲向熟悉的海边，眼前的鹅卵石滩虽没有消失殆尽，却完全不是我记忆中的样子。不少地方，沙石竟盖不住岸地的肌肤，那裸露的惨白像极了一个病躯上的疮疤。我可怜的沙滩！我可怜的鹅卵石兄弟姐妹们！为什么你们会和我一般历经沧桑？我忽然记得那天父亲送我那块奇石时说的那句话："下次回家时一起带回来！"父亲，我回来了，你送我的那块奇石我也带回来了，可你在哪儿？我们的鹅卵石们又去了哪儿呀！

现如今，老家终于又变样了，由于几任村干部的努力，我们村的鹅卵石兄弟姐妹们已得到了很好的照顾，村里也已建起一座古朴雄伟的"孔子文化活动中心"。每当我回到老家，迎着"有朋自远方来，不亦乐乎"几个大字，走进宽敞典雅的文化礼堂，瞻仰着高高在上的九五之尊——我们孔家的老祖孔子神像，心绪就无比激动。我又想起我那英年早逝的父亲了。父亲，你在天之灵可否已知晓这座孔子文化中心在咱老家建成了？你是否知晓咱村已陆陆续续走出了很多大学生？你是否知晓女儿早已领悟了你当年赠我奇石的用意——我们老家的儿女们都是老家的一颗鹅卵石，我们都要发光，我们都要回家！

改革开放谱新章
——看沙门日岙村新农村、新面貌

孔繁都

　　玉环市沙门镇日岙村，地处偏僻，依山傍海，可谓"天涯海角"，环境清幽，是孔子后裔的聚居地，村里 90% 以上的村民都姓孔。全村 526户，1528 人，其中渔民占 50%，是全市现役军人最多的一个村。据史料记载，孔子第 45 代孙孔延集于五代后晋天福五年，因闽王叛乱，从福建莆田迁居温岭江绾，后孔延集之子孔宗程于 965 年迁居日岙，至今约有一千多年历史。

　　忆往昔，峥嵘岁月，在那中华人民共和国成立前的旧社会，日岙村老百姓受三座大山的压迫和剥削，过着牛马不如的生活。当时有一首农谣："冬天柴株当棉袄，三日无雨火烤烤，暗无天日乌云罩，抓去壮丁木牢牢，妻离子散去逃荒，脚踏石头两头翘。卖柴无人要，买米买不到，野菜乌糯苦水泡，有女不嫁孔氏岙。"昔日，日岙不过是个贫穷落后的小村庄，到处是低矮昏暗的茅棚房，遇刮风下雨，轻则漏水，重则倒塌，常出现家破人散，全家在饥饿线上挣扎的惨象……在这里，除了山，还是山，除了海，还是海。沙门果丽片唯一的一所私塾设在瑶坑村，村里只有稀疏的几个学生进入学堂，大多数少年儿童背着小背篓上山坡去拔猪草，下山又在地里干活糊口，全岙人生活过得拮据又艰辛……那时日岙村确实是一个偏僻又落后的海角贫困村，靠山靠不住，靠海无根基。

　　中华人民共和国成立后的日岙村，山笑水笑人欢笑，特别是党的十一届三中全会，给日岙村人民带来第二次新生，1978年农民年人均收入101元，1980年实行家庭联产承包制后，农民年人均收入106.3元。1999年，开展第二轮土地承包，延长了土地承包期，落实了土地承包权，颁发了土地承包权证，稳定了家庭联产承包责任制，推进了水稻、马铃薯、大豆和蚕豆等作物的种植，经济作物有油菜、文旦、葡萄、玉白沙枇杷等，畜牧业有猪、羊、牛等的养殖、加工。更值得一提的是，还打响了海洋渔业和远洋捕捞业的开发，有半数以上渔民外出捕鱼，农渔民的生活水平日趋提高，全村人最关心的温饱问题，基本上得到了解决。

更可喜的是，党的十八大提出奔小康的强劲东风，给日岙村带来了锦上添花的生机。从此，日岙发生了巨变。党的十九大又提出决胜全面建成小康社会，夺取新时代中国特色社会主义伟大胜利，为实现中华民族伟大复兴的中国梦不懈奋斗的目标。至此，举国上下轰轰烈烈地开展全面建设社会主义现代化国家新征程，日岙村也不例外，小村不忘初心，牢记使命，将建设更加美丽、富有的社会主义美丽新农村作为全村上下的奋斗目标。

随着沙门滨港工业城的建设，在家门口就能找到工作，目前，全村40%劳动力进厂做工，月资5000—6000元，同时我们是沾了大光的：10%人口经商办企业，给我们沙门人带来了商机，也带动了各行业的发展与进步，更带来了老百姓的美好生活。目前日岙村已进入了小康生活，它的发展牵动着我们每一位沙门人的心。生长在这块肥沃的土地上，鄙人感到无比的自豪，感谢国家的好政策，也感谢政府全心全意为民服务。从前摇摇欲坠的破旧屋被一栋栋小洋楼、小别墅取代了，当年泥泞不平的小路已不见踪影，宽阔平坦的水泥路上，车辆川流不息，道路两旁绿树成荫，人来车往，车水马龙。只要你任意走进一个家庭，家用电器一应俱全，许多家庭还配备了轿车、电脑呢。还有的家庭银行存款几十万，上百万，甚至上千万的，也为数不少。日岙村真是一年一个新气象，一年一个新面貌呀！财富的积聚，腰包的鼓起，使广大村民兴致勃勃地诵起两首诗词：

文集

赞改革开放四十周年

改革创新四十年，翻天覆地见尧天。

家庭联产民心向，文旦飘香网络传。

城市海洋人巨变，工交科技月华圆。

鲲鹏再展凌霄翅，直上扶摇忿转旋。

江城子·赞改革开放

翻天覆地始辉煌。赶兴邦，巨沧桑。四十回眸，大计百年商。建设六条连一体，全面变，国荣昌。

优生儿女可成双。促徜徉，富家乡。衣食住行，生活小康香。玉岛腾飞心向党，新设市，谱华章。

近年来，全体村民在市委、市政府的正确领导下和沙门镇党委、政府以及各部门的大力支持下，在村两委的带领下，结合实际，以发展经济、增加收入为目标，突出了经济发展，基础设施和公益事业建设，使村容村貌发生了巨大变化。

2017年日吞村农民人均收入29996元，2017年与1978年对比增加了296.8倍，2017年与1980年对比增加了282倍，2017年与2012年对比增加了64.3倍，2012年与1980年对比增加了171倍。千百年来，一代又一代的日吞人以勤劳、质朴和坚韧的开拓精神，披荆斩棘，创业不止，终于将一个昔日孤悬塞外的荒僻海角小村庄建设成为今天初具规模的新农村。

日吞村是孔子后裔的聚居地，从古至今儒家学说，尊师重教的儒家品德烙印村民心中，近年来，日吞村自建学堂，子孙们都沉浸在良好的儒学氛围里，学习礼仪，传播儒学文化。孔子的儒家文化和思想，一直滋润着日岙村这块热土。这里乡风朴实文明，邻里友爱，知书达礼。自从创建社会主义新农村之后，村民们迫切要求，按每户自愿出资，少则千元，多则近十万元，采取自愿出资与集资相结合，筹措资金与孔氏宗亲赞助相结合，筹集资金 370 多万元，同时得到了省、市一事一议项目支持 857 万元，征用了 16.8 亩土地，建造了四幢仿古琼楼，有孔子文化礼堂、儒学堂、论语楼、藏书阁等，共投入资金 1200 多万元。现在，包括孔子文化礼堂在内的四处建筑群占有得天独厚的条件，巍然耸立在玉环的最东方。

日岙村环境整洁、道路通畅、民生工程陆续投入建设……村民们的生活发生了翻天覆地的改变。走在路上，村子里的每一个细小的变化都让人内心很激动，每一项目的建成都改善了村民的生活。沿海高速穿镇而过，使日岙村充满着未来的希望。那日，在村支书和村主任的陪同下，笔者参观了日岙村的村容村貌：静谧原始的滨海鹅卵石沙滩，孔子文化礼堂、论语楼、藏书阁、儒学堂……参观完毕，笔者将日岙村的自然风光和文人景观写成如下词句：

孔子宗祠日岙家，圣人府里挂红纱。

海边潮水翻波浪，山麓风光游客夸。

真艳丽，走天涯，巍峨藏阁村阴遮。

儒家论语翁童读，户户农家小轿车。

日岙风光，万里云烟，大道美娇。看码头堤坝，汪洋一片，浪高鱼跃，拍岸惊涛。泊埠避风，渔船停靠，良港天然气势豪。争朝夕，盼繁荣发展，比学争超。海风轻展平涛，海港里、轮船不候潮。喜乌沙美丽，闪光灿烂；客人不断，千里迢迢。偏僻渔村，生机勃勃，水碧天蓝霾雾消。山川秀，望后沙春色，分外妖娆。

而如今，已改造得颇有独特韵味的日岙—大坎前—滨海鹅卵石沙滩景观游步道线路有 2000 米，吸引着更多市民前来目睹它的风采。一颗颗小卵石被海浪冲刷后在阳光下熠熠闪光，蓝的绿的红的黄的，像蛋糕，像巧克

力，像宝石。您可漫步在这非常漂亮的沙滩，踩着卵石，听风细语，观海弄潮，别有一番闲适。

日岙村在变化，祖国也在变化，希望日岙村变得更加富裕，祖国变得更加繁荣昌盛。

早晨，新的一天开始了。日岙村民的情绪，好像太阳发出来的第一道曙光，照亮在日岙村民身上，使日岙村民充满了奋发向上的激情。

持续奋斗　造福桑梓——记日岙村的变迁

孔繁都

陶渊明先生的《桃花源记》记录了潜翁因梦为诗、梦里桃源之心境，短短四百字，给世人留下了永恒难忘的"此中有真意，欲辨已忘言"的缤纷世界。

地处东海之滨的玉环市沙门镇日岙村，似乎也是一个可以让人"忘言"的桃花源。它依山，山上峰峦奇秀，千姿百态，形状各异；它傍海，海大浩瀚无涯，千帆竞发，蔚为壮观。距今一千多年前，孔子第46世孙孔宗程，看到这地方温润，环境清幽，有海乐为伴，大园头山为邻，紫气浓郁，拥有美丽的乡野风景，遂于公元965年举族迁此，开始了孔氏家族桃花源式的耕读生涯。这是浙江孔子宗族繁衍发祥之地，也成了人杰地灵之处。美丽日岙，相逢总难忘，现在，日岙村已有村民526户，1528人。

日岙村由东日、南园、西旺、北前、中发五个自然村组成，面积约四平方公里，有耕地575亩，山林2000亩，是一个山多地少的海边小山村。党的十九大以来，日岙村党支部、村委会在市、镇党委、政府的领导下，深入实施乡村振兴战略，依据"美丽日岙"田园综合体为蓝本，以孔子文化为魂、以美丽田园为韵、以牧海渔业为基，用美丽乡村留住美丽乡愁，为广大村民带来更多获得感、幸福感、安全感。

2019年，日岙村以较出色的成绩获得了台州市文明村称号，村党支部书记孔玲忠被村民选为玉环市人大代表。

文
集

183

秋高气爽的季节，走进日岙村，一看望去，文旦园硕果累累，果农正在采收，一派繁忙景象。日岙村的变化，离不开村两委的努力与付出，他们不断完善"党组织+村集体经济+合作社+农户"模式，强化示范引领，推动各类经营主体融合发展；他们打造特色产业、发展特色产业，培育新型经营主体；他们通过扶持生产和劳动就业的方式，实现全村共同致富。

村两委发动群众，通过种植、养殖致富的村民不在少数。他们推广种植水稻、马铃薯、大豆、油菜和蚕豆等的新技术，扩大经济作物文旦、葡萄和白沙枇杷等水果的种植，支持投资建设微自然生态农业工厂化高密度养殖基地，发展鸡猪牛羊等畜牧相关产业。同时根据靠海吃海的特点，大力发展渔业生产，海洋渔业和远洋捕捞业得到了长足进步，全村有渔船 65 艘，半数以上村民成了渔民，年产值超 3000 万元。

就业是最大的民生。村两委科学施策，强化工作力度，多举措保障就业，实行创业、就业"联动"。与此同时，村两委充分利用创业贷款政策，帮助有贷款意愿、有一定技能素质的农户走上创业路，实现自主发展。5 年来，日岙村累计获得农、渔、牧创业贷款 571 笔，发放金额 1.62 亿元。村两委利用村周边多工厂的特点，帮助村民就近择业。目前，全村已有 40%劳动力进厂务工，10%村民经商办企业。产业多了，村民富了，2020 年全村人均年收入达 37645 元。村集体经济也不断壮大，村两委利用地处沙门滨港工业城的区位条件，在村集体留用地上建起厂房 2.4 万平方米，以租赁方式每年增加村级集体经济收入 190 万元，日岙村提前进入了小康社会。

教育补短板，均衡求发展。致富先治愚，扶人先扶智。日岙村自建学堂，尊师重教，全面提升学校办学条件、管理水平和乡村教育质量，为师生及村民提供良好的学习和展示平台，并在学习中体验科技的乐趣。在大办教育的同时，日岙村牢记祖训，弘扬孔子的儒家学说，子孙们牢记孔子"独贵独富，君子耻之""欲能则学，欲知则问"的家训格言，相互帮富促富，大家共同致富，努力学习礼仪，传播儒学文化。孔子的儒家文化和思想，一直浸润着日岙村这块热土，这里民风淳朴，邻里友爱，村民知书达理。自从创建社会主义新农村以来，村民们自愿出资，少则千元，多则数万元，共投入资金1200多万元，征用16.8亩土地，建造四幢总建筑面积达6000多平方米的仿山东孔府式琼楼，设有古色古香的孔子文化礼堂、儒学堂、论语楼、藏书阁等。现在，包括孔子文化礼堂在内的四处建筑群占有得天独厚的条件，巍然耸立在玉环的最东方。

在这里，我见到了88岁高龄的孔尚土老人，孔老是日岙村的活字典，这位当过村干部、执笔修订日岙村《孔氏族谱》的老先生，身体矍铄，健谈风趣。我请他喝酒，老人欣然应邀前来，与我推杯换盏，侃侃而谈。他自豪地说，日岙村追根溯源，还得从孔姓人南迁择居开始，日岙村的历史源远流长，文化底蕴自然也就相当的深厚。在这里，民俗文化异彩纷呈，比如"传故事"、学论语等。行走在日岙村，各式风格的建筑比比皆是，这些藏在深山海岸边的古建筑瑰宝，无不与日岙村拥有自己的海岸码头关系密切，南来北往的客商，海内海外文化的撞击，自然会让这个"隐居"的古村拥有别样的风情。

日岙人富了，不忘保家卫国的重任，青年人报名参军争先恐后，成为全市现役军人最多的一个村。据不完全统计，日岙村历年来共有89人参加过中国人民解放军，现役军人中，有6人提升为排级以上干部。村民孔六梅，1976年应征入伍，从士兵不断晋升至大校军衔，出任上海警备区装备部副部长兼上海市国防科技动员办公室常务副主任。孔小定，1965年入伍，参加援越抗美战争，展现了国际主义精神。孔力，入伍武警，现任浙江省第二监狱副监狱长。

日岙人正在走前人没有走过的路：入住大城市，永保老业不丢。全村古旧房屋得到全面的修缮和改造，一排排崭新的民房拔地而起。农村成了城区建制，过上城里人的生活却仍充满乡村气息，富有乡村韵味，他们的事迹编织着渔村人民的新生活。你随意走进一个家庭，都可看到家用电器一应俱全，众多家庭添置了轿车、电脑，为数不少的村民银行存款达几十万，上百万。为改善养老方式，提高生活水准，促进旅游业发展，2019年日岙村与上海慧心谷集团协作，在日岙村的土地上建设慧心湾康养旅游度

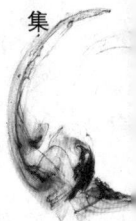

文集

假区，并于 2020 年 4 月被浙江省列入重点项目，目前正在紧锣密鼓的征地扩建中。海韵玉环，秀美日屿，融进了时代前进的交响乐。

你看那静谧的海岸线：用一颗颗鹅卵石铺成的近 2000 米的沙滩景观游步道，成了村民的健身道。道路两旁绿树成荫，全村环境优美，宽阔平坦的水泥路上人来车往，充满现代气息。随着旅游业的发展，人流量不断扩大，为了提升海岸线质量，村两委着手把鹅卵石沙滩景观游步道拓宽至 48 米，已获得中央财政支持，列入 2023 年重点项目，工程已经启动。与此同时，村两委投资 200 多万元，把 1200 米的村道从 10 米拓宽到 16 米。进一步地，日屿村发扬集体主义精神，帮助解决全镇农田用水问题，投入资金 142 万元，固坝扩建山塘水库，把库容从原来的 6 万立方米增加到 32 万立方米，除灌溉全村 300 多亩水田外，能满足全镇各村 500 多亩农田用水。

来村参观的"玉环诗联学会"的诗友们如此颂赞日屿村取得的骄人成绩：

改革创新四十年，翻天覆地见尧天。
家庭联产民心向，文旦飘香网络传。
城市海洋人巨变，工交科技月华圆。
鲲鹏再展凌霄翅，直上扶摇恣转旋。

日屿村为什么能取得如此骄人的成绩？村党支部书记孔玲忠是这么说的："要出成绩，不能只挂在嘴上，一要讲儒学的和合，二要看干部的行动。"孔玲忠书记归纳了日屿村党支部村委会的工作经验，就是做好四个坚持。日屿村的 6 位主职干部，初心不改，用心演绎着"四个坚持"。

坚持关心群众利益至上。"孔根土，外面雨太大，我来接你，你先收拾下，我马上到！"住海边台风多，有一次台风袭来的时候，孔书记给独自一人住在海边危房中的孔根土打完电话，便一人开着轿车，冒着风雨赶到他家。由于孔根土老人舍不得离开自家，始终不愿意搬离危房。他的安危就成了村两委最关心的问题。为了每一位村民的安危，每逢雨夜台风天，日岙村两委班子轮流结对接他们。在村两委的努力下，孔根土等 3 户危房已经改造完毕。

坚持不懈地为村民服务。"选村干部就要选这样的人，把为官一任，造福一村记在心中，都为群众考虑，尽义务时甚至倒贴。"这是村民对村两委班子的评价。书记说："在群众心目中，村干部就是党在基层的形象代言人。"

坚持把工作做细。孔玲忠书记说："不仅要建设'和合好班子'，更要建设'和合好村居'，治理好村风、民风才是最终目标。"他和村两委成员以身作则，在村环境整治工作中，针对"屋内现代化，屋外脏乱差"的生活实际，以创建生态、和谐的文明村为目标，坚持"从细胞抓起"，抓牢思想细节的整改，开展了一场改变农村面貌和落后生活方式、创建文明新村的活动。经过全村上下的共同努力，取得了显著成效。日岙村人居环境、精神面貌和党群干群关系发生了明显变化，实现了物质文明、政治文明和精神文明的协调发展。

坚持困难面前不低头。困难事、绝望事、大难事、紧急事两委一起来担，在任务面前重落实，在困难中勇于挑战，共同解难解惑。有钱好办事，没钱也办事。加固加高村山塘水库，解决农田用水，是村民希望所在。村两委采用土办法，少花钱办成了事。

"做农村工作，就要这样吃苦，村干部才有凝聚力、战斗力、公信力。"孔玲忠书记说。

每与村民聊起，都说要感谢村两委牢记初心使命，甘当铺路人，让"儒家村"变成"产业村"，让村民挺起脊梁，用真心真情凝聚全村合力，带领群众富了腰包，走向美好。

文集

后　记

　　为了弘扬中华民族传统文化，传承孔子儒学思想，开展"讲故事、学论语"等活动，孔氏族长、乡贤们要求各房族的孔氏宗亲撰写一篇孔氏传记，并做了部署，先从日岙孔子后裔46代孙宗程的迁徙历史处开始提笔，有了方向，大家信心百倍。2023年4月15日，在中共沙门镇党委委员、副镇长刘定洋同志的关心和支持下，在日岙村孔子文化礼堂召开了全市第一次孔氏宗亲座谈会，各地派出孔氏宗亲四十余人到会，同时邀请了远道而来的上海市孔氏宗亲孔六梅大校参加了会议。他在会议上作了热情洋溢的讲话，大家信心倍增，干劲十足，当场成立了玉环市儒学发展促进会和玉环市孔子纪念馆筹备会，由孔六梅同志任筹备会名誉会长，孔春桥同志任筹备会会长。日岙村老书记孔宪辉，新书记孔玲忠以及孔春桥、孔玲桂、孔庆军、孔宪泉、孔繁春，楚门小塘孔繁春，水桶岙孔祥勇、孔庆贵、孔繁都等，经过八个多月的不懈努力，跑外地，访宗亲，问谱系，对族人，不怕路途遥远，跋山涉水，绕岭过道，深入走访了乐清芙蓉筋竹孔氏宗亲，乐清大荆前岙孔、打铁巷孔氏宗亲，宁海力洋孔、孔横山以及临海、黄岩孔氏宗亲等20个孔姓家族。大家对理谱系、接支脉、查房族高度重视，并写下了《玉环古代、现代孔庙的崛起》《孔子后裔在玉环》等12篇文章。在此感谢以下执笔者：日岙孔庆军先生、孔繁春先生，乐清前岙孔孔宪康先生，筋竹孔宪肖先生，宁海力洋孔孔繁深先生，水桶岙孔繁都先生、孔祥勇先生，都墩孔繁文先生、孔繁琴先生，白岭下孔繁赏先生，丁岙湾孔繁根先生，楚门山北孔祥森先生，应家孔广凤先生等13位。鉴于文章单薄，特邀请中国楹联学会理事、浙江省辞赋学会常务副会长、浙江省诗词与楹联学会常务理事、浙江诗联选粹主编朱汝略先生赋诗原创,以"纪念孔子诞生2574周年贺浙江省台州市玉环市沙门镇日岙村庆贺唱和集"为主题得诗176首,146人参与。最大年龄的乐清翁启辉老先生93岁,最小年纪的富阳区山越夫老师41岁。

著名学者、诗联辞赋家、书法家吴亚卿老先生赋诗泼墨题词,浙江省诗联学会副会长兼秘书长周进先生、副会长郭星明先生百忙之中为本书作诗题词。著名书画家、国家一级美术师、浙江省书法家协会教育委员会副秘书长吴新如先生为本书题写书名。著名书法家、台州市书法家协会秘书长刘波亮先生,浙江省书法家协会会员、玉环市政协原副主席萧诗跃先生、中华诗词学会会员、玉环市诗联学会会长姚金宝先生,玉环市诗联学会顾问、中华诗词学会会员黄象春先生,浙江省书法家协会会员、玉环市书法家协会会长林达云先生,中国书法家协会会员、玉环市书法家协会副会长林占维老师,浙江省书法家协会会员、浙江省作家协会会员、中国楹联学会会员、中国音乐文学学会会员方贵川先生,中国书法家协会会员、桐乡市书协顾问王晓峰先生等均为本书作诗泼墨题词。浙江省书法家协会会员、仙居县老年书画研究会会长应光刘先生,浙江省书法家协会会员、仙居县老年书画研究会理事郑建民先生,中国美术家协会会员、玉环市美术家协会会长马亚兵先生,浙江省美术家协会会员、玉环市美术家协会副会长颜祐耘先生,玉环知名人士陆梅女士、陈淡云女士、黄秋红女士、冯秀平先生、陈力田先生等为本书赠送书画。玉环作家谢良福、王祖青先生承蒙慨赠新作,在此一一列明致射。同时特别感谢《台州日报》原副总编洪锦沸先生不辞辛劳,不顾自己年事已高,坚持为本书文稿进行校阅,并制曲作书致贺。卢夏龙同志不但在繁忙的工作中为本书打印初稿,还多次修改补充,事虽繁巨,他仍不厌其烦地加工直至定稿。以上朋友,均在此谨致谢意!

由于编者水平有限,难免有不足之处,敬请孔氏宗亲等方家不吝赐教,使编者今后在编印中能有新的提高。

孔子72代孙　宪潮(春桥)

2023年8月27日